20년 동안 쓴 책
Leaders Must Read
文도 읽고 尹도 읽고 李도 읽어야 할 책

行詩 행시

속의

정동희 저
Jung, Dong-Hee

민심

民心

한국행시문학회
도서출판 한행문학

문학에 사회와 정치를 담았다

행시(行詩)를 처음 접하는 분들을 위한 도움말

행시를 영어로는 'acrostic'이라고 하며, 각 행의 첫 글자를 세로드립으로 맞추면 단어나 구절이 되는 짧은 시를 의미한다. 그 어원은 그리스어로 '끝에' 라는 말과 '행' 또는 '시'의 합성어이다. 운(韻)은 문장의 첫 글자에 맞추는 두운(頭韻)이 보통이지만, 작가의 취향과 상황에 따라 운이 중간이나 끝에 오는 경우도 있다.

행시(行詩)는 정형시조와 함께 오래 전부터 있어 왔던 우리 문학의 한 장르였음에도 불구하고, 일제 강점기를 거치면서 일본의 조선어 말살 정책으로 한동안 그 맥이 끊어졌으나, 우리 민족 특유의 유희 문화로 자리 잡으면서 젊은이들을 중심으로 많은 국민들이 자연스럽게 행시를 즐기는 모습을 자주 볼 수 있다.

한 시대를 풍미했던 실존 인물인 김삿갓(김병연)도 행시를 즐겼고, 조선시대 선비들의 등용문인 과거시험에서도 한시에 운을 넣은 행시 형태로 문장 실력을 테스트 했으며, 조선왕조실록에도 실명과 함께 행시(行詩)의 기록이 남아있고, 한 주먹 밖에 안 되는 3行 17字의 단문시를 즐겼다는 기록과 함께 그 작품들도 발견할 수 있어서, 조선통신사 시절 일본으로 전파되어 지금의 하이쿠가 되었다는 학설에 무게가 실리고 있다.

한국행시문학회를 중심으로 우리 문학 고유의 장르인 행시 문학을 계승하면서, 20년의 활동과 노력을 통하여 지금은 행시를 즐기는 동호인들이 많아졌으며, 행시가 학문의 경지로 올라선 것 같아서 기쁨과 보람이 크다. 개인적으로는 12번째 행시집을 내면서 앞으로 더 많은 행시집들이 세상에 나오기를 기대한다.

자유 대한민국의 정의감으로 이 책을 쓴다

나는 대구 태생으로 약 30년간 육군에서 근무 후 대령으로 예편,
지금도 국가가 주는 연금으로 생활하는 사람이다.
태생적으로 자유보수주의자가 분명하지만, 어디까지나 좌우의
진영을 떠나서 깐깐한 비평가의 입장을 줄곧 견지해 왔다.

학창시절 때부터 진취적인 사고방식과 원리 원칙을 중시하고
여당 속의 야당을 표방하며 날카로운 비판에 앞장서 왔으며
지난 20년간 행시 카페 '한국행시문학'에 썼던 글을 모아보니
그때 그때 정권 실세와 힘 깨나 쓰는 사람들의 행태를 지적하고
내가 쓰는 행시로 가차없이 질책해 왔다는 사실을 알 수 있었다.

따라서 이 책에서는 당연히 노무현, 이명박, 박근혜, 문재인..
4명의 대통령과..유명 인사, 고위 공직자들의 이름이 등장하며
허물이 있건 없건 하나 같이 나의 필설을 피해갈 수는 없었다.

어디까지나 서민의 입장에서, 작가의 올곧은 눈으로 바라보고
엄정한 잣대로 쓴 당당하고 떳떳한 글이라는 것을 밝히는 바이며
행시를 쓰기 시작한 2002년부터 20년간 바닥 민심을 훑으면서
자유 대한민국의 정의감으로 써온 이 책을 세상에 내놓는다.

2021년 7월 하순
한국행시문악회상 八峰 정동희

문재인 자위행위 Japanese embassy diplomat said "Masturbation"

IOC 우유부단 IOC is indecisive organ

북한에서 쓴 것 같은 현충일 추념사 Tip

4.3은 역사다 - 잘 모르면 정치인 배지를 떼라 Jeju 4.3 Speech

이재명 Win

윤석열은 누군가 Who is he?

국짐당 당장 실행해!! Do it now actually!!

내각제 개헌 안 된다 Do you understand?

단일화 - 이준석, 그대 몫이다 It's up to Lee, Jun-seok

독도는 한국 땅이다 Dokdo is historically Korean territory

최재형 Ace

배신자라 부르지 마라 Don't call him a traitor

대한민국 서울의 힘 Power Seoul Korea

방미결과 자화 자찬 - 건국 후 최대성과 Careful

패악질 Bad

문준용 Ace

어떻게 민주주의는 무너지는가 How Democracies Die

그 정도 하시지요 You shut mouse!

남쪽 대통령 - 북쪽 위원장 North

하야 하라 - 文평성대 지상낙원 High

民心 읽어라 Dormy

탈원전/북원추/붉은당/이적죄 Red

전광훈 목사 Win

중국몽 ABC

방사능 오염수 해양 방류 – 천벌 받을 나라 JPN

나도 피해자 Me too

강남수 열사 순교 Peter

문재인 보유국 Abject

아스트라제네카 백신 Astrazeneca

소중한 시간 속 소중한 추억 Times a while

추미애 She

지금은 한번도 경험해 보지 못한 나라 Now

구월 그 도도한 하늘 in Autumn

종전 선언 Fake

문빠 소굴 Moon

돌아선 바나나 한 통 Joe Biden

광수 부대 Fact

오일팔 가짜유공자 Aaa abcde

4.15 경자난 Abc

4.15는 부정선거다/X형 Puzzle 행시 4.15 is Fraudulent election

<u>방사능 올림픽</u> **Danger**
<u>방사능 경연대회</u> **Olympic**
<u>반도체/안 산다/쪽바리</u> **JPN**
<u>일본은 없다</u> - <u>사지도 가지도 마</u> **No Japan**
삶은 소대가리 J I MOON
사람이 먼저다 Coming
위국헌신 군인본분 If so join
행시 속의 민심 Leader
바보인가 공산주의잔가 속인 건가 Good enough deal
놀라운 고3생 논문 제목 - 출산전후 허혈성 저산소뇌병증(후략)
* Amazing thesis title by high school student(34 letters)

평화통일과 한미동맹 Available
엘쥐 보지 Huawei
경인선 가자 Train
더 있으면 다 망한다 Deadline
평양올림픽 Toara
노예들의 군무 No jilt
유시민 Bad
장조림 Red
세기의 만남 North
국군은 없다 Idiot

천벌 받을 나라 JPN
믿을 수 없는 탈원전 UAE
미리 보는 달밤의 고독 Moon night
홍준표 Win
오바마 Dog
8인의 악당 Dummy
12.9 탄핵정변 Impeach
헌재 탄핵심판 예상 Expect Constitutional Court Judgment
진인사 대천명(盡人事 待天命) People
진인사 대천명(盡人事 待天命) Answer

박근혜 – 병신년 She
하야만사성(下野萬事成) Abcde
최순실 – 잊혀진 계절 Fatal
우병우 – 좌지우지 WTO
반도체 중국 수출중단 Anti-China
알파고 등장 Ace
민소매 Ear
핵무장 고려할 때다 Nuc
나는 민심 전달자 Public mind messenger
행시 속의 민심 People

도행역시 - 교수신문 선정 4 letters idiom 2013
<u>**일제 아식스 신발**</u> <u>**Made in Japan**</u>
소설가 최인호 1945-2013 Novelist Choi, In-ho
검찰총장 사의표명 Friday the 13th
과거사 부정 Japan
<u>**야스쿠니**</u> <u>**Nipponjin likes a war criminal as quiet**</u>
바보 박근혜 N-Korea declaration
북한 3차 핵실험성공 N-Korea's 3rd nuclear test success
후배가 감히 선배에게 You'd better apologize
대한민국 - 스페이스 클럽 가입 Korea joins Space Club

박근혜 탕평 인사 기대 Impartiality personal affairs
51.6% 득표 51.6% of the vote
새로운 대한민국 탄생 New Republic of Korea birth
먹튀 이정희 Resign Lee in the presidential race
대선 D - 8일 양상 Presidential race D-8 aspect
야바위 선관위 Tricky Election Admin Committee
안철수 계산 Calculation within mind
아쉬운 두 번의 양보 Two unfortunate concessions
삼성아!! 건희야!! Industrial accident death
이해찬 방송사고 Broadcasting accident

하필 이때 - 김정일 사망 Kim, Jong-il death
편히 쉬소서 박영석 대장님 Rest in peace Captain Park
다음 선거 때 또 보지 See you next election
선거전 네거티브 아닙니다 It's not a negative
도둑년 vs 빨갱이 Thief VS Commie
선거전 양상 - 병신들 육갑 떠네 Electoral campaign aspect
스티브 잡스 Steve Jobs 1955-2011
이거 누가 썼어? - 간첩이 쓴 교과서 같군 Who made it?
멍청한 시장 똑 같은 여당 Stupid Mayor
서울 물폭탄 Water bombs in Seoul

이순신 장군 동상 Statue of Admiral Yi, Sun-sin
긴장의 연평 앞바다 Tension in Korea
잡소리 Noise
이명박 BBK
가슴에 묻는다(천안함 전사자 유가족) Bury to chest
천안함 그날 그 시간 The time that day Ship-Cheonan
간통죄 폐지 Abolition of adultery
법정 스임의 무소유 Non-possession
김연아 금메달 kim, Yuna Gold medal
세종시 Sejong City

광복절 60th Anniversary of Liberation
2006 월드컵 - 우리는 독일로 간다 We go to Germany
박주영 데뷔 골 Park, Ju-young's first goal for A match
박영석 단장 도전 중 Park, Young-seok challenge to Mt.
독도 망언 Dokdo's absurd remarks
무늬만 상생정치 Win-win politics pattern only
공무원이 웬 파업? Why does a civil servant strike
지키자 고구려 역사 Why does a civil servant strike
타워 팰리스 Tower Palace
법정 스님의 무소유 Non-ownership with Great monk 'B.J'

2004년 사자성어
비정규직 법안 통과 Passage bill related with non-regular workers
실속 있는 망년회 Viable Year-end party
요즘 잘 나가는 건배사 - 노무현 유시민 명계남 Toast
조지 부시 재선 성공 George Bush re-election success president
존 케리 대선패배 승복 John Kerry accept a defeat election
탄핵 위기 Impeachment crisis
탄핵 소추 Impeachment prosecution
자이툰 부대 Zytun Division
노무현의 장수천 Roh, Moo-hyun's 'Jang-su stream'

行동하는 詩심이다

Korean Public Mind within Acrostic (bilingual)

행시 속의 한국 민심(영한대역)

文도 읽고 尹도 읽고 李도 읽어야 할 **책**

Perhaps you dream a president	大권을 꿈꾼
Real firm faith it is	단단한 신념
Exactly must look around	한번 돌아 볼
Surely for the integration	統합을 위한
In frankly plain you know	솔직 담백한
Definitely self-control line poem	자율적 行詩
Even though could skip failure	필패 건너뛸
Now it's a specific guidance	독보적 지침
The cry of the common people	서민의 외침

行詩 속의 民心

정동희 저
Jung, Dong-Hee

 한국행시문학회
도서출판 한행문학

Japanese embassy diplomat said "Masturbation"
주한일본대사관 공사가 말했다 "문재인 자위행위"

Oral hazards over-the-line by Japanese diplomat
to the Korean President and people
일본 외교관이 한국 대통령과 국민을 능멸하는 실언

JTBC

기자 질문 :
한일 정상회담 개최 가능성은?

"문재인 대통령은
마스터베이션을 하고 있다"

주한일본 총괄공사　소마 히로히사

JTBC

"(일본 정부는) 한일 문제에
신경 쓸 여유가 없다"

"문 대통령 혼자서만
신경전을 벌이고 있다"

소마 공사는 한국어 능통한 한국통

Nippon is a nasty people

Only the intention is clear

Now pretend made mistake

Of course it's a media play

고약한 민족

의도는 분명

실수하는 척

언론 플레이

한국 언론 관계자의 질문에 대한 소마 히로히사 총괄공사의 추가 답변 :
'문대통령을 정중히 맞이하겠다'는 발언은 스가 총리의 외교적 표현일 뿐
한국 정부가 두 가지 숙제, 위안부와 강제징용문제의 답을 제출해야 한다
******스가 총리는 지금 거시기 할 힘이나 있는지 갑자기 궁금해 지네..
지들은 댈 줄 생각도 없는데 대통령 혼자서 자위행위 한다는 말로 들린다

IOC is indecisive organ 우유 부단한 IOC

IOC is an indecisive organ   우유 부단해
Only self pro-Japanese   스스로 친일
Could be so sneaky   워낙 교활해

일본 정부가 올림픽 무대를 활용해 독도 영유권 주장의 근거를
남기려는 의도가 명백해 보이는데..IOC(국제올림픽위원회)는
일본의 의도에 동조하고 심지어는 상대국가인 한국을 압박하여
지나치게 편중되고 교활한 정책을 펼치고 있다..

앞서 일본은 2018년 평창 동계올림픽 때에도 IOC를 움직여
'올림픽 헌장에 위배된다'는 등의 여론을 조성해 결국 한국 올
림픽조직위원회의 누리집에 표시돼 있던 독도를 삭제한 전례가
있다. 당시 IOC의 권고를 받고 지도에서 독도를 삭제했는데..
이번 도쿄 올림픽 위원회의 송화 봉송 지도에 독도를 버젓이
일본의 영토로 표기해 놓은 것에 대해서는..우리의 항의를 받고
IOC도 움직이지 않고..일본은 대놓고 삭제하지 않겠다고 한다.

뿐만 아니라 우리 선수촌 외벽에 내걸었던 현수막 문구를 시비..
이순신 장군의 명문을 '반일 감정'이라서 IOC 헌장 위반이라며
또다시 IOC에서 직접 우리 선수촌을 방문하여 현수막을 내리라
요구했고..우리는 욱일기 반입을 금지한다는 조건 부로 내렸다
과연 IOC가 어떻게 나올지..일본이 또 반칙을 할지 지켜보겠다

Tip 북한에서 쓴 것 같은 현충일 추념사

There is unwise speech   **현**명치 않다

It's a great royalty for KimJungUn   **충**성은 지극 정성

Probably failing point first   **일**단 낙제점

얼마 전 현충일 추념사에서 대통령은 다음과 같이 말씀하셨다..

**"애국심과 인류애로 우리는 무력도발과 이념전쟁에 맞서
승리할 수 있었습니다."**

설마 북한 간첩이 쓴 글일까?..듣는 내 귀를 의심했다..
우리 국민 그 누구도 6.25를 결코 '**승리**'라고 표현하지 않는다.
지구상에서 **북한과 중공**은 그 전쟁을 승리로 여기고 있고..
북한은 7월27일 휴전기념일을 **전승기념일**로 지내고 있다..
이 추념사 초안 작성자는 자유 대한민국 국민은 아닐 것 같다..

'**무력 도발**'이라는 말만 나왔지 **도발의 주체는 생략**되었는데..
도대체 누구와 맞섰으며..누구로부터의 도발이었단 말인가?
혹시..대한민국의 도발이요 우리의 북침이었다고 말하는가?
천안함 폭침에서도 마찬가지였지만..
누구에게 그렇게 충성을 하시는지..우리 대통령의 입에서..
'**북괴의 도발**'이라는 말..**그 한마디는 아직도 들을 수가 없다..**
이 말도 못하는 입이라면, 그 입에서 나오는 말은 이제 못 믿는다.
이것이 대통령을 향한 작금의 민심이다..그냥 넘길 일이 아니다

Jeju 4.3 Speech 제주 4.3 대통령 추념사
니들이 4.3을 아느냐? 역사를 모르면 당장 정치인 배지를 떼라

Speech was distort the fact of 4.3	**4**실을 왜곡
Perfect cheat to the whole nation	**3**척 동자도 속일
Especial intention quietly it is	**은**근한 의도
Either oriented communization	**역**시 공산화
Could be dream of that always	**사**시사철 꿈꾸는
Highest one who never see again	**다**시 못 볼 者

* 제주4.3사건은 '1948년 4월 3일 남로당 제주도당 김달삼 등 400여명이 12개 경찰지서를 일제 기습하면서 발생한 무장폭동이며, 5.10총선거 반대와 반미구국투쟁선언 등 북조선의 주장에 동조한 공산폭동'이었다고 역사적 사료가 증거하고 있다. 1998년 11월 23일 cnn과의 인터뷰에서 김대중 전 대통령도 "제주 4.3은 공산폭동이었다."고 인정한 사건이다. 무장폭동의 주모자 김달삼은 비문에 '남조선혁명가'라고 새겨져 평양의 '애국열사릉'에 묻혀있다. 역사를 왜곡한 문 대통령의 추념사에 억장이 무너진다. – 장순휘(정치학박사, 경희대교수)

* 2011다94844 '손해배상' 사건으로 제주좌파 유족들로부터 피소된 이선교 목사('제주4.3사건의 진상' 저자)는 제주4.3사건 피해자 상당수가 보증인 누락, 서류 미비, 심사 부실 등 가짜 피해자라는 객관적 증거서류를 제출하고, 제주4.3 평화공원은 폭도 공원이라는 주장이 받아 들여져서..대법원에서 승소 판결을 받았다. – 이선교(목사, 현대사포럼 대표)

[대법원 판결 요지] * 4.3피해 주장자 보상금지급은 유보상태 - 고소인들의 명예를 훼손하지 않았으며 손해를 끼친 일이 없다

Win 이기다, 승리하다

Who behind candidate Lee J. myung   이 후보 뒤에
It's out of office pastor "L" the leftist   재야 좌파 모 목사
Now someone knows the solid rumor   명확한 소문

Wonderful following moon   이어 뜨는 달
It's lucky 180 occupying forces   재수 좋은 점령군
Now let's be clear   명확히 하자

대한민국은 친일파와 점령군(미군)에 의해서 출발한 정권이며
처음부터 깨끗하지 못했었다는..차기 대선 주자 이재명의 발언..
소련은 해방군, 미국은 점령군이라 했던 무자격 광복회장 김원웅
대한민국은 태어나지 말았어야 할 나라였다는 전교조와 좌파들..
일제의 잔재라며 태극기를 교실에서 없애겠다는 이재정 교육감..
정부수립을 부정하고 입만 열면 새로운 100년을 외치던 문재인..
모두 같은 역사관을 지닌 패밀리인 것을 새삼스럽게 깨닫는다..

정부수립 이전의 역사를 대한민국에 오버랩시킨 좌파적 발상이라..
21세기를 사는 보통 사람들에겐 '점령군'은 소름 끼칠 말이다..
자유대한민국을 부정선거로 짓밟은 180석 점령군이여 영원하라..

내년 대선에서 좌파가 깃발을 꽂을지..지켜보는 재미가 생겼다..
형수 xx 욕설 파문으로 끝날 줄 알았더니 그것도 아닌가 보지..

Who is he   그는 누구인가

Weak point of him	윤석열 약점
He must clear with impeachment	석고대죄할 탄핵
Or the Pandora that will be open	열릴 판도라
I've questions about that quietly	은근히 궁금하다
Some problems his mother in law	누구 장모는
Hot issues a lot with her, then	군소리도 많아서
Eventually may stop on the way	가다가 설라

사실이 아니길 바라지만..시중에 이런 얘기들이 회자되고 있다..
탄핵 당시 특검의 팀장으로서 박근혜 대통령을 구속시킨 사람..
구속기간 만료시 추가 기소하여 구속기간을 연장한 사람..
태블릿 PC가 조작된 것이라서 증거물로 제출도 하지 못한 사람..
우병우 수석을 열 번씩이나 구속 요구한..구속의 명수..
이명박 대통령을 구속시킨 사람..
국정원장을 한 명도 안 빼고 모조리 구속시킨 사람..
피의자도 아닌 이재수 장군에게 수갑을 채워 수치심을 줌으로써
결국 자살하게 만든..그 사람이 지금 대선 주자로 뜨고 있다..

그와 관련된 입장 한마디는 꼭 들어봐야겠다는 사람들이 많다..
한 식구로 받아들이더라도..따질 건 따진다는 게 민심 아닌가..
시원한 성넌 돌파가 기내되지만.. '윤로남불' 소리 나오면 파토

Do it now actually*!!* 국짐당 당장 실행 해*!!*

Power of national party
Even if it's a burdened with full investigation
Now do it actually *!!*

국민의힘 당
짐 되는 전수조사
당장 실행 해 *!!*

세간에서는 더불어더듬당으로, 국짐당으로 부르기 시작했고..
화 난 국민들은 <**부동산**> 하나만으로도 충분히 열 받았다..
지금 때가 어느 때인데..가족 동의서를 못 받았다는 핑계로
국회의원 부동산 전수조사에 늑장을 부리고 있는가?
더불당이 했던 것처럼..**국짐당도 가차없이 바로 넘겨라**..
만일 국짐당도 더불당처럼 국회의원 관련 비리자가 나오면
몇 명이든, 그게 누구든..**전원 탈당 조치하고 의법 처리하라**..

국민들이 여야를 가려서 봐주는 줄 아느냐?
니들이 잘 나서 4.7 재보궐 선거에서 57%와 62%를 얻었는가?
지난 4.15와 같은 **선거 부정이 없었기 때문에 얻은 결과**이다!!
지금 정신 못 차리면 **자유대한민국은 영원히 돌아오지 않는다**..
사전선거 부정 묵인과 전자개표기 허용은 안된다..**명심하라!!**

Do you understand? 내각제 개헌 안 된다

As long as I'm alive
Because of different mind individually
Can't be constitutional revision in time
Don't make a mess situation
Eternity the constitution can't be changed

내가 살아있는 한
각각 생각 달라도
제때 개헌 안 된다
개판 만들지 마라
헌법은 못 고친다

미국 정보기관이 파악한 친중, 종북주사좌빨 명단(?)이 있는데..
특히 현 집권당과 야합하는 트로이의 목마 명단에..이준석과
그 배후인 유승민 - 김무성 - 김종인 - 문재인이 있다는 **믿기
어려운 소문이 돌고 있다**..이들은 이준석 돌풍과 선전선동으로
내각제 개헌을 통하여 고려연방제를 획책할 것이라 한다..
낮은 단계의 고려연방제는 대통령의 선거 공약인데..
설마 저 이준석이 내가 아는 이준석은 아닐 것이라 굳게 믿지만
국민들은 우려한다..두 눈을 부릅뜨고 지켜보는 사람들이 많다..
준석씨..아직도 4.15는 부정선거가 아니라고? 정신 못 차리네..
유승민 내세우고 윤석열 못 받으면..종북 좌빨로 의심 받는다..

It's up to Lee, Jun-seok 이준석, 그대 몫이다

Only single force　　　　　　　　단 하나의 힘
Now if we can't get together　　일단 못 뭉친다면
Eventually we must be lose surely　화끈한 패배

다 아는 사실이지만..
내년 대선에서 야권이 정권 교체를 이루려면 단일화는 필수다..
야권 통합을 이룬다면 선거에서 승리가 점쳐지지만..
만일 야권이 단일화를 이루지 못해서 선거에 패배하게 된다면
누군가는 반드시 역적이 된다..**이 대표가 역적이 될까 걱정된다**

<야권 필패 예상 시나리오> - 1,2,3번을 모두 막지 못하면 필패
* 이번 대선은 어렵다..셋 중 하나만 어긋나도 필패가 예상된다

1. 윤석열,최재형,안철수 등이 국민의힘 입당 외면/단일화 회피
2. 국민혁명당은 반드시 야권 단일화를 실현하라. 절실하다.
3. 야권 수뇌부가 지난 4.15 부정선거 교훈 무시한 채 대선 돌입
　　- 부정선거 불인정(재검표 결과 엄청난 부정선거의 증거가 나왔다)
　　- 사전투표시 부정 개입의 개연성 외면(소프트웨어/하드웨어)
　　- 전자개표기에 의한 개표 부정 외면(소프트웨어/하드웨어)
　　* 야권이 한목소리로 부정선거 재발방지를 외쳐야 후환이 없다
　　* 4.7 재보궐선거에서 참패한 여권이 어떻게 나올지도 궁금..

Dokdo is historically Korean territory
독도는 한국 땅이다

Dirty and horrific fucking Japan   독한 일본 놈들아

Only it doesn't work don't stealing   도둑질 안 통한다

Know you that we'll pray for it   우리가 빌어줄 게

Do you remember real earthquake   리얼한 지진 맞고

Olympics with you get off ground   땅 밑으로 꺼져라

지난 평창 동계올림픽 때는 IOC의 중재를 받아들여
우리는 한반도 기에서 독도를 빼고 사용했었다..그런데도
이번에는 올림픽 지도에서 독도를 빼라는 우리 요구에
IOC와 일본은 꿈쩍도 않고 있다..아예 못 빼겠단다..

많은 우리 국민들이 원하고 있어
올림픽 불참이 적절한 답이지만..
상황을 보니 참석하는 모양이다..

그렇다면 더는 말이 필요 없다
자존심을 크게 상한 채로
어쩔 수 없이 참석해야 한다면..

한반도 기에 독도 크게 그려 넣고
입장할 때 들고 들어가야 한다..
어차피 걸어온 싸움이니 맞받아 쳐지지 꼬랑지는 못 내린다.

Ace 최재형

Ace card with insurance	**최**고의 보험
Could be shortcut with lucky	**재**수 좋은 지름길
Eventually all goes well fortune	**형**통할 운세
Actually it's best card of flowering	**최**고의 꽃 패
Could he win over the fields or not	**재**야 휘어잡을지
Even now I don't know it yet	**형**도 모른다
Ace card was even if best but	**최**고라지만
Check again and again during test	**재**차 삼차 살피면
Eventually the situation change easy	**형**편 달라져

* 여기서 '**이름 행시**'에 관한 **작가의 소회**를 밝히고자 한다..
 - 나는 사람의 이름으로는 웬만해서는 행시를 잘 쓰지 않는다
  10여 권의 행시집을 출간하다 보니 물론 이름행시집도 1권 냈으나
  평소 나의 지론은 그 사람의 영혼을 담지 않으면 쓰지 마라는 것..
  보기 좋게 미사여구로 만들 거라면 쓰지 마라고 말을 해주고 있다..
 - 어떤 특정인의 이름 행시를 쓰더라도..작가는 관찰자로서 느낌을
  전달하는 역할 뿐이지 실제로는 주인공이 이름 행시의 작가이다..
 - 좋은 사람은 좋게 써질 수밖에 없고..나쁜 사람은 나쁘게 써진다..

Don't call him a traitor 배신자라 부르지 마라

Day by day you going to reject him and put him all
Only put press on him and then he left the seat
Got a fail yourself so you don't call him a traitor

Shut up the nuclear power plants on ignore the people
Operate small nuclear power plants was gaining trust
Now you'll lost thousands of trillion won sitting down

배척을 하다 하다 시비를 걸다 걸다
신상을 압박하니 그 자리 못 지켰지
자백은 누가 해놓고 배신자라 부르나

배 뜨자 원전 씹고 국민을 무시했다
신뢰를 얻고 있던 新원전 운영능력
자리에 퍼질러 앉아 수천 조를 날린다

***<국민의힘이 어떻게 나오는지..민심은 지켜보고 있다>

박근혜 탄핵 때 한번 배신 때린 유승민이 대선에 출마하면
이준석이 유승민 업고 윤석렬을 죽이려는 음모가 아닐까..
국민은 또 한번 배신감에 떨 것이다..과연 누가 역적인지?

Power Seoul Korea 대한민국 서울의 힘

Powerful Seoul City restart	다시 뛰는 서울시
Our market is wide and large	시장은 넓고 크다
Want to be run in running time	뛰어야 할 때 뛰고
Every day run again will not stop	는적대지 않겠다
Reconsider the Seoul City budget	
	서울 살림 살펴서
So expand the area if possible	울타리도 넓히고
Even though for the better lives	시민 생활 윤택한
Only for the stand right Seoul	
Usually roman-based Korea	바로 서는 서울시
Lead it from the Seoul City	로망 담은 코리아
	서울이 앞장 서서
Korean lot of debt I'll cut it	는 빚도 줄이겠다
Of course think pride of Korea	
Re-establish it once more	대한민국 자존심
Everlasting free democratic will	한번 더 바로 세울
Always I'll run with the people	민주 자유 의지로
	국민과 함께 뛴다

다시 뛰는 서울시
바로 서는 대한민국
오 세훈
2021. 4. 8.

Careful 방미 결과 자화 자찬

Could be listen dryly	건성으로 듣지 마
Actually fate for the nation	국가 운명 걸렸다
Really it's too late when you know	후회할 땐 늦는다
Even if poorest nation's way opens	최빈국 길 열리면
Finally become red directly	대번에 적화 된다
Unbelievably royal favor is great	성은이 망극하여
Like lightning go back to the past	과거로 돌아간다

코로나 확진자가 한 명도 없다는 북한에 백신 지원해 주잔다..
누구를 위한 정권인가???..믿을 놈 없다는 말이 괜히 나오나..

패전국이나 하는 바보 같은 9.19 군사합의를 쟤들에게 해주고..
그쪽으로는 비행기도 못 띄워..대포도 못 쏴..훈련도 못 해..
최전방 GP도 이미 폭파해버렸지..지뢰도 다 제거해 놨지..
오는 길목에 웬만한 대전차 방벽장애물도 다 없애 놨지..
남으로 오는 도로 잘 닦아 놨는데..도로를 또 낸다고 하데..

쟤네들은 기름이 없고 식량이 부족해서 전쟁도 못 한다고???
휴전선만 넘어오면 천지에 널린 게 주유소와 먹거리들이다..
넌서 먹는 놈이 임자다..국민들 정신 차리고 긴장해야 한다..

Bad 패악질

Body language from loser	**패**배자의 몸부림
Actually malicious passing	**악**의적 떠넘기기
Dirty quality shameless ma	**질** 나쁜 조로남불

* 패악질[悖惡질]의 사전적 정의 :
  사람으로서 마땅히 하여야 할 도리에 어그러지는 흉악한 짓
* **상대를 심하게 비하하거나, 도저히 이길 수 없을 때에 하는**
  악의적 언행으로써, 정상적인 인간관계에서는 삼가야 함.
* 패악질도 해본 사람이 다시 하더라..그것도 반복해서..

Ace 문준용

Anyway he said no problems   문제 없단다
Caused by unprepared prince   준비 안된 왕자라
Even if should we forgive him?   용서 해 줄까?

삼척동자도 다 아는데 나이가 어려서 그런 것 같지는 않고
혹시 文씨라서 그런가 본데..李씨들은 웬만하면 다 안다..
이와 관련한..지혜로운 옛 글도 있지 않은가..
오얏나무(李) 아래서는 갓 끈도 고쳐 매지 말라는..

아빠 찬스로 오해 받거나 구설수에 오르는 건 불 보듯 뻔하니
부모님을 생각해서라도 지원하지 않거나 신청을 말았어야지..
지금이라도 생각 안 바꾸면..불똥이 푸른 집으로 튈까 겁난다..
듣자니 여기 저기서 수군대더라..부모가 돼서 자식을 말리던지,
따끔하게 나무라기라도 해야지..저쯤 되면 집안 망신 아닌가..

이런 지원금 못 받아 본 나로서야 물론 부럽기도 하다..
동일 직종은 아니지만 팔이 안으로 굽는다고..노파심에서..
그래도 같은 문화예술인으로서 하나만 살짝 알려 주고 싶다..

모르면 무식 .. <ignorant person>
모르고 아는 체 하면 무능 .. <incompetent man>
모르고도 밀어붙이면 무대뽀라고 하더라 .. <push man>

How Democracies Die
'어찌해 민주주의는 무너지는가'의 독후감

However I'm living now but	어쩌다 보면
Often I can meet a bad guy	찌질한 놈 만나서
When if wrong suffer damage	해를 입는다
Definitely they talk democracy	민주주의를
Even though argue and spread it	주장하고 펼쳐도
Major Kimilsung-Juche thinker try	주사파들은
Only they will deceive us surely	의례 우릴 속이고
Could be they cheat it	는적거린다
Right now there is dreadful world	무서운 세상
Also they follow n-Korea overly	너무 지나친 종북
Could be they are losing regime	지는 정권에
In this time do they want to rely?	는적대고 싶을까?
Even if they do it's laughable	가소롭구나
So righteous spirit is missing	의리는 외출했다
Do must have strong mind	독한 맘 먹고
In your mind for the posterity	후세를 위한다면
Eventually make up your mind	감을 잡아라

HOW DEMOCRACIES DIE

What History Reveals About Our Future

STEVEN LEVITSKY & DANIEL ZIBLATT

Steven Levitsky
Daniel Ziblatt 공저

- 32 -

You Shut 그 정도 하시지요

You shut mouse   그 입 닫아라

Only politicians have been doing   정치인들 하는 짓

Unbelievably too much full   도가 넘친다

Small minded like little working   하는 일 좀스럽고

However it is valueless then   시시하더니

Usually improper and ashamed   지금도 민망하고

There is very strange   요상하구나

North 남쪽 대통령 - 북쪽 위원장

Nowadays feels disgraceful	남세스럽다
Only hateful bastard than Japanese	쪽바리 보다 밉고
Renovate Republic Of Korea	대한민국을
The total ruiner to Korea	통째로 말아먹은
However soulless guy	령혼 없는 자

North Korea KIM probably wants it	북이 원한다
Only increased nuclear energy power	쪽쪽 뻗는 원자력
Really want before the crisis	위기 오기 전
Take remove the nuclear power plants	원전 빨리 없애고
However cut the advantages	장점 잘라라

<u>**한국은 세계 최고**</u>의 원자력 발전 기술과 원전 운영 능력 보유국..
김정은과 시진핑에게는 눈에 가시 같은 존재임이 분명하며..
<u>**필시 한국의 원전 운영 능력을 끌어내리고 싶었을 것이다**</u>..

<u>**느닷없는 탈원전으로 우리는 천문학적 손실을 볼 수밖에 없고**</u>
국력과 위신의 추락은 고스란히 대한민국의 위기로 다가온다..
<u>**효율성과 비용면에서 신재생 에너지는 원자력과 절대 비교 불가**</u>
<u>**전세계가 탈원전을 접고, 값싼 원자력 발전에 의존하고 있으며**</u>
<u>**후쿠시마 원전 피해 당사자 일본도 신재생을 포기, 원전 건설 중**</u>

High 하야 하라 – 文평성대 지상낙원

Harmonic sky blue wave   하늘빛 물결
In a very soft wind   야들 야들한 바람
Green springs sunshine all day   하루 종일 봄햇살
Happy largo lives   라르고 인생

문재인 태평성대
이낙연 지상낙원
시방 이따위 소리로
국민들 호도할 땐가
정부의 사기 K-방역
이젠 국민도 다 안다

文제 많은 'K-방역'   지레 검사 수를 조작하는 정부
평소보다 늘리는 검사 수   상대국 대비 확진자가 많은 건
성공하는 대국민 속임수   낙낙하지 못한 백신 도입 때문
대통령은 다 알고 있다   연이은 코로나 통치가 예상됨

코로나 확진자 재생산지수가 떨어졌는데 방역단계를 높이거나
8.15 집회 등으로 화살을 돌리려고 사악한 통계 조작, 착시 유도,
힘든 국민을 농락하는 정부를 믿지 못하고 등을 돌린 사람 많다
중산층이 죽거나 말거나..코로나 공포 통치를 즐기는 현 정부는
집회 방지를 위해 대선 직전까지 확진자 수를 유지시킬 것이며
투표 날짜 임박해서는 확진자를 줄인다..지금껏 그래왔으니까..

Dormy (매치 플레이에서)이기고 있는

Democratic party	民주당
Obedient persons	心복들
Read it first anyway	읽어라
Maybe if you don't know it	어쩌면
You have to meet the last?	라스트?

Red 붉은

Remove all of them perfectly	**탈**탈 털어라
Every shocking fact in U.S.B. file	**원**본 유에스비에
Definitely all there is	**전**부 다 있다

Real surprise at the north Korea	**북**한 땅에다
Electric atomic power construction support	**원**전건설지원을
Data said they will push ahead	**추**진한대요

Real red colored party	**붉**게 물든 당
Every time they hide in secret	**은**근히 감추다니
Dirty and never proud	**당**당치 못해

Really if it's not a guilty	**이**게 죄가 아니면
Even if they support to enemy	**적**을 이롭게 해도
Doesn't ask for guilty?	**죄**를 묻지 못하나'?

Win 전광훈 목사

We know everything to him
It for patriotic citizen on National Liberation Day
Normal helper from outside

전부 다 안다
광복절 애국 시민
훈수 두는 者

whenever if they get all together
In the Gwanghwamun Square are shaking
Normally it's a nice patriot

전부 모이면
광화문 들썩들썩
훈훈한 애국

8.15 광복절 대규모 애국집회도 다 좋지만..틀림없이 확진자도
더 늘어날 텐데..비대면 집회 같은 혁신적인 방법은 없을까?
사기 K-방역은 맘에 안 들지만..굳이 정부의 덫에 걸려 들면서..
의해 못하는 많은 국민들에게 욕을 먹어가면서 꼭 해야 될까?
코로나 감염 여파로 나훈아 콘서트도 결국 연기 됐는데..

ABC 중국만 빼고(Anything But China)

Anything but China
By the strengthen international cooperation
Cut off the whole relationship

- 미국은 다르다 -

중국만 빼고
국제 공조 강화로
몽땅 끊는다

시진핑의 연내 방한에 매달리고 있는 한국의 '중국몽'과는 달리
미국이 중국을 대하는 태도는
"ABC(=Anything But China : 중국만 빼고) 방침"**이며
아래와 같은 멘트로 중국에 대한 압박성 경고를 날리고 있다..

"We could cut off the whole relationship"
<u>"중국과 모든 관계를 끊을 수도 있다</u>"라고..

JPN 천벌 받을 나라(Just Punitive Nation)

Japan is old foe to us	오래된 웬수
Probably they are impudent guy	염치 없는 족속들
Near future would be submerged	수장될 거야

방사능 오염수의 해양 방류는 돌이킬 수 없는 인류 최대의 공해이며..자국 내에서의 문제가 아닌..국제적 범죄 행위이다..
2015년 8월..
방사능 오염수의 해양 방류 계획에 대한 일본 국민들의 반발이
심하자 도쿄전력은
다핵종 제거 설비에서 처리한 물로써 발전소 부지 내 탱크에
저장했던 물을 충분히 희석해서 방류하겠다면서도..
관계자 이해 없이 어떠한 처분도 하지 않겠다고 발표했다..
일본 정부 관계자의 약속이 지켜지는지 지켜볼 일이다..
1,000배로 희석한다 해도 방출량을 1,000배로 늘리면 총량은 같다
원전 배출 방사능 물질은 반감기가 길어서 위험이 무척 오래 간다

정부에서는 원자력이 위험하다면서 탈원전을 선언한 바 있는데
우리 코 앞에서 일본이 오염수를 방류한다면 생존에 직접적인
위협이 발생하기 때문에 정부 차원의 적극적인 대응이 요구된다
음식물을 통한 방사능 물질의 섭취는..미량이라도 치명적이다..

Me too 나도 피해자, 나도 당했다

Maybe if our country is ruined   나라가 망한다면

Even though nowhere to escape   도망갈 곳도 없고

To be damaged only we have   피해 입을 수밖에

Only he laughs and deceives   해해 웃고 속이니

Of course we are being fooled   자꾸 속을 수밖에

Peter 베드로 강남수 열사 순교

Powerful martyrdom	**강**렬한 순교
Especial spirit like no other	**남**다른 정신으로
The days have expired him	**수**명 다 하신
Everlasting man Peter	**열**혈 남 베드로님
Really I love you	**사**랑합니다

강남수 열사는 점차 공산화 되어가는 문재인 정부의 부패와
좌경화 되어가는 천주교 사제들에 몸소 항거하여
2020.3.30일부터 화곡동 성당 주차장 한쪽의 쉼터에서
단식 기도 중 4.23일에 순교하신 열사이십니다..
천주교 교단 내에서 사제들의 부패와 좌경화를 지적함으로써
교단의 박해를 받으며 순교한, 세계 최초의 순교자라고 합니다.

Abject 비참한

All about is problem   문제 투성이
Before and now we've no fun   재미 없는 일상사
Just time of patience and pain   인고의 시간
Even though take it no matter   보란 듯 내민
China n n-Korea oriented policy   유별난 친중 종북
There is international isolation   국제적 왕따

Vaccine secure 백신 확보

All right it's too late	아차 늦었다
Start is hurry now	스타트가 급하다
Therefore if catch in a ankle	트집 잡히면
Ruin on the live state	라이브로 망칠라
Anyway if can't buy on time	제 때 못 사면
Zero is almost your fate	네 운명도 끝이다
Eventually we've no card	카드도 없다
Now get a shot or not	맞든 말든 알아서
Everyone pain or not	아프든 말든
Comes out key complaint	볼멘 소리 나오는
Actually have all the reason	까닭이 있지

초기 백신 확보 과정에서 많은 국민들은 정부를 못 미더워 했고 한때 물백신이라느니..백신 거지..백신 보리고개 등 말이 많았지만 어쨌던 우리 손으로 뽑은 사람이니..이제는 정부를 믿고 기다릴 수 밖에 없습니다..애쓰시는 방역 당국에 감사와 박수를 보냅니다..

Times a while 잠시

There is own small routine   소소한 일상

It's avoid serious illness well   중병 잘도 피하고

Maybe it's been a long time   한참 흘렀다

Even though time is passed   시간은 지났어도

So it's not simple situations   간단치 않아

Always corona rot in me anyway   속 썩히는 코로나

Well disinfecting is better now   소독 잘 하고

However attend major meeting   중요 모임만 가되

If you go out side and stay long   한 데 나가면

Let's wash hands more actually   추가로 손 씻는 게

Every time it's very important   역수로 중요

She 그 여자

Severe force it is   추상 같은 힘

Hot pre-view fencing contest   미리 본 검술경연

Eventually children would be hurt   애들 다칠라

She doing one more extra*?*   추가로 1 건?

However anticipate in advance   미리 예상해 보면

Every time wrong card lose it's shirt   애먼 쪽박 패

지금까지도 하는 족족 정말 놀라웠어..(자책골 3관왕)
1. 노무현 탄핵 2. 드루킹 노출 3. 추윤 갈등으로 尹 몸집 키우기

2010년 5월 31일 창간 2021년 8월 28일 발행 통권 46호 등록 관악바 00017호 도서출판 한행문학

韓行文學

계간 / 국내유일 行詩 문예지

Now 지금은 한번도 경험해 보지 못한 나라

Now it's wrong – "**the opportunity is equal**"
Of course it's false – "**the process is fair**"
Worse lie quietly – "**the result is justice**"

지금은 틀렸네요 - "<u>기회는 평등하다</u>"
금방 들통 난 - "<u>과정은 공정하다</u>"
은근히 거짓부렁인 - "<u>결과는 정의롭다</u>"

<u>이 말은 2015년 4월 중국 인민일보에 실린 시진핑 어록입니다</u>
"<u>기회는 평등하게, 과정은 공정하게, 결과는 정의롭게</u>"
* 기왕 따라쟁이 하려면 멋지게 완벽하게 좀 하시던가..

어디서 주어 와도 돼먹지 못하게 꼭 저런 것만 주어오네요..
"<u>사람이 먼저다</u>"는 원래 "<u>내 사람이 먼저다</u>"일텐데 오타 났나?

<u>대통령 대선 공약 수십 가지 중에 지켜진 게 하나도 없는데</u>
<u>그 중에 딱 한 가지는 잘 지켜지고 있네요</u>..

"<u>한번도 경험해 보지 못한 나라로 만들겠습니다//</u>"
I'll make a country..We've never experienced before

In Autumn 가을에

In late september of someday   구월 하순 어느날
North over incident happened   월북 사건이 났다

Announced that by authorities   그렇게 발표 됐다
Unbelievable lawless persons did   도도한 사람들이
The firing provocatively   도발적 사격으로
Ultimately they killed a life   한 생명을 죽였다
Maybe the sky is indifferent   하늘도 무심하지
Now I always resent about that   늘 원망만 해본다

Fake 가짜의, 거짓의

Fucking son of beach
Anyway shoot them all
Kill by shooting first and then burned out
Every time they talking different

- 시방 이게 뭐 하는 짓인가 -

종 간나 새끼
전부 쏴 죽여버려
선 사살 후 화형에
언제나 딴청

* 대한민국 국민을 북한군은 총으로 쏴 죽이고 불에 태웠다
이런 판국에 남쪽 대통령은 UN에서 종전선언을 언급했다
세상 민심은 말한다..종 간나 새끼가 여기에도 있는 것 같다고.
시방 이거..fake president 아니냐고?..이 사람의 아버지는..
일제시절 흥남시 농업계장을 지냈고..6.25 때 괴뢰군 장교로
참전했다가 포로로 잡혀서 부산 거제 포로수용소에서 강한옥
여사를 만났고..그 후 북으로 갔다가 1958년 문재인을 데리고
내려왔다는 스토리가 돌고 있다..친모(?)는 북에 살고 있단다..
강한옥 여사 살아계실 때도 대통령 모친인 줄 아무도 몰랐단다
이거 벌써 오래된 얘기라..아는 사람은 다 알고 있다..

Moon 달님

Maybe it's problematic leadership	문제 리더십
Of course all of them brainless man	**빠**짐없이 무뇌아
Own small happiness is important	소확행 포기하고
Now would you burrowing for them	굴종할 건가?

대한민국 국민들은 지혜롭습니다..
나라의 앞날을 걱정하는 많은 지식인들은 우려하고 있습니다
절대로 나라가 결정적으로 곤란에 빠지도록 지켜만 보는 국민은
없을 것이며..헌법에 보장된 국민 개개인의 자유와 행복을 박탈
당하고 공산치하에 굴종하지는 않을 것입니다

<일부 언론이 조금씩 달라지고 있어서 그나마 다행입니다>

국무총리를 지낸 노재봉 교수의 기고문
'문재인을 대한민국 대통령으로 보지 않는다'와..

탈원전과 관련, 월성1호기 감사를 통한 현 감사원장 최재형의
정부에 대한 대쪽 같은 반기가 요즘 들어 특별히 눈에 띕니다..
청와대가 요구한 김오수 차관의 감사원 제청도 단호하게 거부한
이 이름 석자를 기억해 주십시오..
'최재형 원장'은..**의회창 총재 이래로 가장 대쪽 같은 인물**이며
이 정부 들어서 청문회에서 유일하게 야당이 반대 없이 전폭적
으로 지지한 사람인데..지금 대깨문들이 씹고 있는 사람입니다..

Joe Biden 조 바이든 미국 대통령 취임

Justice comeback America
Of course still lot of controversies
Election results are highly suspicious

Biden took office and spoke that
I will be President of all America
Dual America will united to the one
Eventually Korea want success them
Needed to us real unified Korea

돌아온 정의로운 미국
아직은 분명히 논란도 많고
선거 결과에 의혹이 남았지만

바이든은 취임했고 이렇게 말했다
나는 모든 미국인의 대통령이 되겠다
나는 미국을 하나로 통합하겠다

한국도 미국의 성공을 진정 원합니다
통일 한국이 우리에게도 필요합니다

한국과 미국은 군사동맹 국으로서 끈끈한 혈맹이라 할 수 있다
안보니 경제면에서도 긴밀한 관계를 유지해야 할 니리이디..

Fact 사실, 실제, 진실

Fact was Kwang-ju riots
Appeared hundreds nK military
Couldn't that I hope but
True is what exactly?

광주사태 때
수백 북한군 출현
부디 아니겠지만
대체 진실은?

* <u>이번에 공개된 미 국무부 문서</u>에서 광주사태와 관련하여..
  riot(폭동), rioters(폭도들), insurrection(반란, 폭동)이란
  용어를 여러번 사용하고 있다. 문서의 내용은 아래와 같다.

* 폭동은 공산당 요원(간첩)들과 김대중 추종자들의 작품이다.
  폭동은 유언비어 확산 등 전문적인 방법으로 선동되었고
  폭동의 핵심은 550명 정도이며 그 중 50명이 극렬분자,
  나머지 500명 정도는 자발적 추종자들이었다.
  전문가들이 주도하여 군중의 흥분을 유발시켰다.
  복학생들이 주로 가담하였고 폭동에 이용 당한 사람들은
  자개공, 트럭운전자 등 사회 저변 계층들이다.
  폭도는 장갑차와 238대의 차량, 대략 3,500정의 총기,
  46,400발의 실탄을 탈취하였고, 특히 목포로부터 대거
  폭도들이 대거 유입되었다. 5월21일의 시위군중은 15만 명에
  달했으며, 결국 폭도로 변했다.

* **편집자 주** / 유병현 합참의장 회고록에 의하면 5.18 직전
  전남 육해군 경계 병력을 전북 변산반도로 이동시켜
  전남 목포항 일대는 무방비 상태라 대형 선박으로 외부 세력
  상륙 가능한 상태였음(북한 공산군 개입 루트로 추정)

AAA abcde 알파벳 시작하는 순서

Absolutely without misleadingly   오해 없도록

About the matter let's just say it   일단 짚고 넘기자

Actually in these days clear world   팔팔한 세상

As the day goes by oddly   가면 갈수록

Be on the rise as if it were right   짜맞추듯 느는데

Could be if they're merit person   유공자라면

Definitely make clear of their merit   공적 사항 밝히고

Every time don't keep cover it up   자꾸 덮지 마

컴퓨터를 할 줄 아는 사람이라면 지금 인터넷 검색란에서
'**5.18 유공자 명단**'을 쳐보라..기절초풍할 명단들이 뜬다..
차마 내 손으로 여기에 그 명단들을 공개하지는 않겠다..
100% 진짜라고 믿기도 힘들지만..100% 가짜는 아닐 것이며..
막대한 국민 세금이 들어가는데 떳떳하면 공개해야 마땅하다..

정당하게 명단 공개를 못하는 이유는 혹시 이런 게 아닐까..??
ㅇ 5.18 사태 당시 합류한 <u>고정간첩과 북한군이 포함돼 있어서</u>..
ㅇ YS때 민주화운동으로 되면서 <u>일부 정치인들과 검은 거래</u>..
ㅇ 초기 명단 4,296명이 현재 약 10,000명으로 <u>자꾸 늘어나서</u>.

Abc 알파벳 abc

Amazing trouble   경천 동지할
By the injustice remained traces   자국 남긴 부정에
Could be follow chaos   난장판 예상

<u>60년 전 경자년에 있었던 역사적 3.15 부정선거</u>가 떠오릅니다..
그 사건으로 대통령이 하야하고..나라가 극도로 혼란에 빠졌고..
4.19를 불러오고..5.16으로 이어졌지요..

미시건 대학교 월트 미베인 교수는 부정선거 적발분석의 세계적
권위자인데..**대한민국 4.15 부정선거는 사기행각이며**
선거통계조작으로 결론을 내렸네요..
문제는..지금까지 미베인 교수가 부정선거로 한번 지적하면..
그냥 넘어간 나라가 없었다는 점에서..심각성이 큽니다..
선거부정에 관한 고발은 대법원에서 6개월 내에 결론이 납니다

어제 광화문에서 부정선거 규탄집회가 열렸는데..
거기 사람들이 들고 등장한 피켓에 뭐라고 적힌 줄 아세요?
<**투표는 한국인**> <**개표는 중국인**> <**조작은 선관위**>
민심을 무시하면 안 됩니다..결코 허접한 민심은 없습니다..

4.15 총선이 끝나고 이튿날 이른 아침에 결과가 나오자..
이번 선거를 진두지휘한 **여의도 민주연구소장 양정철**이 기자들
앞에서..**"결과가 두렵다**.."면서 정치권에서 총총 사라졌습니다..

4.15 is Fraudulent election 4.15는 부정선거다

사전투표63 : 36

사	실	데	칼	코	마	니	복	사
매	일	터	지	고	있	다	일	단
단	순	오	해	아	닌	오	류	다
당	일	표	는	맞	는	통	계	가
사	전	표	는	부	쩍	몰	렸	다
법	을	부	정	부	정	투	표	지
최	우	선	밝	힐	총	선	음	모
대	거	큐	알	코	드	선	거	는
다	름	아	닌	부	정	선	거	다

당일 선거 ➜ 민주당 123 : 통합당 124(차명진 막말에도 불구 통합당이 우위)
사전 선거 ➜ 민주당 217 : 통합당 34(전국 득표가 거의 일정하게 63 : 36)
공직선거법 151조6항 : 막대모양 바코드 사용토록 규정(4.15는 큐알코드 사용)
공직선거법 179조 : 정규의 투표용지를 사용하지 않은 투표는 무효로 한다
세계 유수의 선거감시/통계전문가들이 4.15 선거를 부정선거로 지목했다

4.15가 부정선거가 아니라고 박박 우기던 사람들이 있었다
지금도 생각이 바뀌지 않았는지 꼭 한번 다시 묻고 싶다.

Danger 위험, 경고, 우려

Definitely no answer with anyhow

Anyway instant death if person overeat radioactivity

No way to anyone in front of radioactivity

Gathering the olympics soon next year

Even Rimpac exercise to hold also carefully

Really could you know that if they fall down

방	방	떠	봤	자	해	법	없	는	처	방
사	람	은	방	사	능	먹	으	면	즉	사
능	력	자	도	방	사	능	앞	엔	무	능
올	림	픽	연	다	는	데	곧	다	가	올
림	팩	훈	련	도	조	심	스	레	열	림
픽	픽	쓰	러	져	야	아	는	가	픽	픽

Olympic 올림픽

Of course if you without carefully	방심한다면
Lots of radioactivity attact to you	사정 없이 맞는다
You must prevent by your ability	능력껏 막자
May you eat without any alert	경계 없이 먹으면
Perhaps even if very low level one	연한 농도도
It is very dangerous and then	대단히 위험해서
Cause death easily to somebody	회까닥 사망

□ 作家 : 예비역 육군대령 鄭東熙(화학장교)

□ 기행사관 1기 임관 과정 수석 졸업(육군보병학교 1/739)
□ 국군화생방방어연구소 핵물리장교, 방사능실험실장 역임
□ 한국원자력연구소 방사능장애방어/핵종분석 과정20주 이수
□ 방사능동위원소(Radio Isotope) 취급 면허 획득
□ 육군장교영어반 24주 과정 수료
□ 한미연합야전사(의정부) 화생방보좌관 역임
□ 한미연합사령부(용산) 화학과장 역임
□ 조선일보 국제마라톤 영어통역자원봉사 2005 우승자 통역

JPN 일본(Japan)

Just overcome this situations   반드시 극복
Pushback to them as it is   도로 돌려 주면서
Now we change the system   체질 바꾼다

Just no driving those car   안 타 그런 차
Perhaps didn't buy them before   산 일도 없었지만
Never buy such things again   다시는 안 사

Just smaller we are but   쪽 수 적어도
Pay them back straight   바로 되갚아 준다
Now we must real revenge to you   리얼한 보복

No Japan 일본은 없다

Nobody buy them

Of course choice carefully now

사는 일 없다

지금 잘 보고 사라

도둑놈 물건

Just it thief's things

Are you going to there why?

Perhaps not this time to visit

Anything about that understand?

Never buy and never go there

가더라도 왜 거길?

지금은 아냐

도대체 이해가 돼?

마땅히 지켜

Is this really a humor?

Just the life is a great journey   삶은 위대한 여정

It's very important on the quiet   은연중 소중하다

Maybe we expect wishfully   소원하듯 바라고

Only wish for a jackpot   대박을 기원하며

Of course we dream as possible   가능한 꿈을 꾼다

Normal life without risk   리스크 없는 인생

우리 대통령의 광복절 기념사가 나간 뒤에..
북한의 김여정이 한 말씀 하셨다..
"삶은 소대가리가 앙천대소할 소리"라고..

하늘을 향해 크게 웃건 말건..
누가 뭐라 했던 내 삶은 위대한 여정이며..
나는 오늘도 리스크 없는 인생을 꿈꾼다..

Coming 사람이 먼저다

Could be failed actually	**사**실 망한다
Of course he is Chavez like Rambo	**람**보 같은 차베즈
Maybe this guy is originator	**이**놈이 원조
In the future not a long story	**먼** 얘기 아닌
Not the others story just our story	**저**희들 이야기요
Generally it's a reality that come up	**다**가온 현실

"사람이 먼저다"는 1982년 주체사상탑 헌시 비문에 적혀 있는 김일성이 사용했던 말이다. <사람이 모든 것이며 모든 것을 결정한다는 것이 주체사상의 기초입니다>

노통과 문통이 사용한 <사람이 먼저다>의 출발점인 셈이다. 이 말이 좋아서인지 1999년에 베네주엘라 차베즈 대통령이 따라 했다가..산유량 세계5위의 부국을 최빈국으로 만들었다. 여자들이 돈을 벌겠다고 맨 몸뚱이로 나섰다는 기막힌 현실..

김일성의 자서전 <세기와 더불어> 사상은 북한 헌법에도 있으며 문통이 가장 존경한다는 사상가인 간첩 신명복의 <더불어 숲> 사상은 지금도 일부 추종자들이 당명으로 사용하고 있다.

어리석게도..베네주엘라를 그대로 따라서 퍼주기를 하다 보니 외국 언론에서는 지금 대한민국이 자살하고 있다고 하더라.

김일성 주체사상의 전사로 남아서 '내 사람이 먼저다'를 외치며 내년 대선에서 영원히 사라지겠다면 그걸 누가 말리겠느뇨..

If So Join 그렇다면 합친다

In front of precarious country
For the duty of the people

Shout for the protect constitution
On the asphalt parade we did

Join with patriotic crowd
Only think deeply human respect
In this time back to the original way
Now we stand up resolutely

위태로운 나라앞에
국민본분 다하려고

헌법수호 외치면서
신작로를 행진했네

군중속에 몸을담고
인간존중 새기면서
본디대로 돌리려고
분연하게 일어섰네

Leader 지도자, 대표, 정상

Line poem put in real world	行詩 속에 세상 있다
Especially solve society with poem	詩로 풀어보는 사회
Anyway read the inner politics	속마음 내비친 정치
Day by day enjoy mindful humor	의기 투합한 유모어
Eye of heart in common peoples	민초들의 눈으로 본
Real fun satirical line poem	심심풀이 풍자행시

Good enough deal 충분히 좋은 거래 라고?

바보인가 벼	Guy's maybe stupid
보수는 고장 났고	Out of order freedom-party
인물도 더 없으니	Out of order big person more
가능성 없다	Day by day disappear the chance
공공 물가는	Even public price also
산 같이 올라가고	Nowadays increased too high
주식도 암담	Of course stock trading is unclear
의정 활동도	Usually congressional politics
잔대가리 굴리니	Goodish trick at everyday
가소롭구나	Hey, you are quite laughable
속은 지난 날	Days gone by deception
인정 못하겠지만	Every case can not approval
건강한 나라 위해	Accordingly for the healthy country
가거라 좌빨	Leave here now left-winger

놀라운 고3생 논문(제1저자) 제목이 모두 34글자

출산전후허혈성저산소뇌병증에서혈관내피산화질소합성효소유전자의다용성

Amazing thesis title by high school student(34 letters)

출세한 인간
산산 조각날 지경
전무후무한
후안무치 대표급
허세만 믿고
혈세 국세 쳐먹고
성적 부풀린
저능아적 범죄로
산통 깨진다
소확행도 모르고
뇌에 낀 기름
병적으로 커져서
증세 심하다
에구에구 일 났네
서둘러 덮고
혈중 알콜 농도나
관리 하거라

내심 고통 커
피말리는 폭로에
산 목숨 끝내
화병 날까 두렵다
질 수는 없고
소위 명분도 없이
합심해 본들
성치 않은 생채기
효과 있을까
소란만 너무 키워
유죄 맞으면
전부 같이 구속돼
자식 아끼는
의지와 상관 없이
다 끝난 인생
용케 견뎌 내거라
성공을 빈다

Available 이용 가용한, 유용한
(평화통일과 한미동맹 심포지움/2018.10.26 육군회관)

Always peace is life	평화는 생명
Variety of harmony with trust	화합과 신뢰 속에
At the road to unification	통일로 가는
It's time to big turning point	일대 전환기에서
Large step is as bad as small step	과유는 불급
At once single step forward	한걸음씩 내딛고
Beside with America	미국과 함께
Long run keep the spirit alliance	동맹 정신 지키되
Every time avoid overconfidence	맹신은 금물

o 역사적으로 본 분단국 통일의 필요충분조건(괄호는 우리 현실)

1. 국론 단합 및 정치권 협력(x)
2. 정책의 일관성(x)
3. **경제력 압도(o)**
4. 군사력 압도(x)
5. 미국의 지원 여부(△)
6. 훼방 세력 영향력(x)

* 결론 : 대한민국은 이중에 대부분의 조건이 성숙되지 않았다

* 금방 통일이 될 듯이 호도하는 것은 대국민 기만에 해당한다

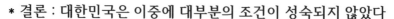

Huawei 5G 화웨이 5G

LG China as you know
Got a chance with Huawei-China
It'll be destroy or not
So I'll watch it

엘쥐 촤이나
쥐꼬리 잡았다가
보란 듯 폭망할지
지켜 봐야지

지난 2017년 6월 중국은 중국 국내뿐만 아니라 국외에서도 개인이나 단체를 감시 할 수 있는 국가정보법을 발효시켰다. 이법에 따르면 중국은 정보 수집을 위해 개인 및 단체가 소유한 차량이나 통신장비, 건축물 등에 도청장치나 감시 장비를 설치할 수 있고 압수 수색을 영장 없이도 언제든지 자유로이 할 수 있다

중국 정부와 유착된 화웨이가 '백도어'를 통해 기밀을 빼돌릴 수 있다며 미국은 동맹국들에게 화웨이 보이콧에 동참할 것을 종용하고 있다. 이에 따라 화웨이 장비 보이콧을 실행하는 나라는 미국, 영국, 독일, 이탈리아, 호주, 뉴질랜드, 캐나다, 인도, 일본 등 많은 나라들이 국가안보 위험을 이유로 중국 화웨이를 거부했다..

<u>LG U+는 군이 화웨이를 고집하면서, 국내 정부기관 및 유수한 단체에 화웨이 장비를 공급하고 있고, 북한과 직접 대치하고 있는 우리로서는 불안하기 짝이 없는데..성부는 모른 제 하고 있나..</u>

Train 열차, 훈련하다

The joyous days   경사 났구먼

Really you doing people's court   인민재판 하는가

Anyway you don't incitement   선동질 말고

In this time you find merit person   가짜 유공자 밝혀

Now let's keep our freedom   자유 지키자

민주당원 댓글조작사건 주범인 드루킹(김동원)이 주도한 문재인 후보 지지 온.오프라인 모임 '경제도 사람이 먼저다[**경인선**]' 회원들을 지난 대선 후보 경선 때 김정숙 여사가 챙기는 모습이 담긴 영상이 공개되었다.."**경인선 가자. 경인선에 간다**"

경인선과 경공모를 동원해 작년 경선 및 대선 캠프를 지원하고 기사 9만여 건에 댓글을 조작한 혐의로 드루킹이 구속기소 됐다 상식적으로 생각해도 지난 대선에서 이들의 댓글이 상당한 여론 조작을 통해 어떤 역할을 했는지는 어렵지 않게 짐작이 된다.

경인선 가자 경인선에 간다

경제(經)도
사람(人)이
먼저(先)다

3
문재인

Deadline 데드라인, 마감일, 최종일

Do you know what we've remain now ?
Even our possess gave all them earlier
Already overflow the threat to us so
Day by day increased immunity
Looks like the next order will be
If at this rate DIE OUT alone
No KOREA from now on
Ending dinner we have only

더 줄 게 있나?

있는 것 다 퍼줬고
으름장 너무 심해
면역 생겼어

다음 순서는

망하는 것 뿐이야
한국은 이제 없어
다 끝난 거야

Toara 방출하다, 내뿜다

To the Pyung-Yang regime
Only we've made concessions
At last it is coming
Roam around rim and steam out
Actually failed festival

평양 정권에
양보만 하다 보니
올 게 왔구나
림만 돌다 김빠진
픽싸리 축제

죽 쒀서 개 주는 평창올림픽

평양올림픽

평화 올림픽이라는 허울을 덮어쓰고 대놓고 북한을 도와 주는가
무려 12년 삼수끝에 따낸 개최국 대한민국은 빚덩이만 떠안고
자청하여 단일팀, 공동입장, 한반도기를 제의한 결과는 허망하다
국호는 북한의 국호인 COREA로 하고, 태극기도 애국가도 없다
북한의 점검단이 다녀갔고 북한 예술단 응원단 시범단이 판친다
지난 4년간 피땀 흘린 선수들 중에 일부는 출전마저 제한되었고
이로 인해 많은 대한민국 국민들과 젊은이들 사이에 불만이 크다

No jilt 배신 없는

No choice in there   노 쵸이스에
Of course no exception in there   예외도 없다

Just powerless people in there   들러리만 있는 곳
Individual will is destroyed in there   의지가 말살된 곳
Like a army in there   군대 같은 곳
Terrible hell in there   무서운 지옥

그날 평양 곳곳에서는 한반도기와 인공기만 나부꼈다..
평양에 내린 대통령 전용기에서도, 우리 대통령의 가슴에서도
태극기는 사라지고 없었다..이재용 부회장만 태극기를 달았다.
알 수는 없지만..혹시 그래서 삼성과 이재용이 고생하고 있나?

Bad 유시민 발탁

Be priority well known university   유명 대학 나오고
Activity of civic group experience   시민단체 활동에
Democratic party priority no.1   민주당적 최우선

* 예전에 한때 고소영(**고**려대, **소**망교회, **영**남출신)이 떴고
  요즘은 유시민이 뜬단다..
* 참여연대 출신들..주로 청와대 등 요직으로 진출했는데..
  이 사람들 요즘 잘 지내는지 안부를 묻고 싶다..

* 이름하여 유시민..
  내 사람이 먼저다..
  김상조, 김수현, 박원순, 박주민, 장하성, 조국, 탁현민..

Red 붉은

Replacement Jang, H.S (**장**하성)   **장**하성 교체
Every time stand Cho Kuk (**조국**)   **조**국은 버텨 내고
Day by day watch Lim, J.S (**림**종석)   **림**종석 주시

******<2018.11.14 신문기사 스크랩>

* 美 국제전략연구소(CSIS)가 北이 미신고 및 기만하고 있는
  미사일 운용기지 20여 개 중 13개 분석 발표 기사에 대해
  (북한 대변인이 아닌) 김의겸 청와대 대변인 발표한 내용 :

 - 北 미신고 미사일 기지 13개 기사..새로운 건 하나도 없다
   우리 국방백서에 '北 단거리 미사일 1,000기 이상 확보'에
   다 포함됐다
 - '삭간몰 미사일 기지는 단거리용이라 ICBM, IRBM과
    무관한 기지이다
 - 北이 미사일 기지를 폐기하겠다고 한 일이 없으며
   신고해야 할 협약이나 협상도 존재하지 않는다
 - 따라서 '기만'이란 표현은 적절하지 않다

******** 이만하면 북한 대변인이라고 할만 하지요

North 북, 북한(North Korea)

Now we have a hot issue	세 사람 모여
Observe about that more	기웃대며 살핀다
Really must not believe him	의심은 기본
The unification is earlier yet	만세는 이르지만
Honorable Korea is just one	남북은 하나

Idiot 멍청이, 바보

Important lives of people and 국민 생명도
Develop the military training 군사 훈련 발전도
Intimately we give up   은근히 포기
Of course even right to protect 없애면 안 될 권리
That's give out everything   다 내어 준다

이번 9.19 남북군사합의를 보면서 할말을 잃었습니다..

패전국 장수가 승전국 장수에게 항복 문서를 써준 격이며
나라를 통째 갖다 바치는 꼴이 아니고 뭐란 말입니까?
어느 바보 멍청이가 이런 짓을 벌인단 말입니까?

이 사람들이 도대체 대한민국의 대통령이며 국방부장관인지요?
국가와 국민을 지키는 국군은 이제 없습니다..
9.19 남북군사합의는 2018년 11월 1일부터 발효됩니다..

미국 재야에서 문재인이 간첩이라는 말이 괜히 나왔을까요?
2004년 노무현 정부 시민사회수석 시절에 54세를 71세로 속여
남북이산가족 상봉을 했고, 당시 김정숙 여사와 문준용을 대동..
북한에 있는 친모(로 추정되는 인물)를 만나고 온 주인공이라고
전 한국논단 이도형 편집장이 공개한 바 있으며..올해 초에는..
문 대통령은 북한 태생이라고..일본아시히 TV도 보도했답니다..

JPN 천벌 받을 나라(Just Punitive Nation)

Just called good job man after finished job
Put your interest down about my daily life
Never eat Dokdo-shrimp even if they born again

일 보고 돌아서면 일 본 놈 되는 거야
본관이 누굴 만나 뭘 먹든 상관 마라
놈들은 죽었다 깨도 독도새우 못 먹어

트럼프 미국 대통령이 방한 했다..
청와대 만찬 메뉴에 독도 명물인 독도새우가 올랐고
위안부 이용수 할머니도 청와대 만찬에 초대됐다..
일본은 이 일에 대해 즉각 시비를 걸었다..
왜 독도새우 먹느냐고..
왜 이용수 할머니를 만나느냐고..

진짜 웃기고 자빠졌네..
뭣땜시 지들 땅도 아닌 독도를..자꾸 거들먹거리냐고..

UAE 믿을 수 없는 탈원전
(Unbelievable Atomic energy Escape)

Unbelievable our government	못 믿을 정부
All we can believe is nuclear power	믿을 건 원자력뿐
Energy troubles how can do it	어떡할 거냐?

<u>대한민국의 원자로 운영능력과 해외 수주액은 세계 최고 수준</u>에 달하고 있었습니다만..정부의 대책 없는 탈원전 정책으로..아랍 에미리트(UAE)와 계약한 약 80조원의 계약이 파기될 상황이며..손해를 본 UAE 측에서 한국과 단교 가능성도 있다고 합니다..현재 UAE 현지 공사는 중단 상태이며 계약 파기시 우리 기업들이 당장 15조를 날리게 되고 현지에서 철수해야 할 처지라고 합니다..뿐만 아니라 최근에 계약한 영국 원자로 수주도 파기될 것이며..향후 수백 조~1경에 이를 수도 있는 해외 원자로 시장을 중국과 일본 등에 뺏기게 되고..아랍국들에게 외면 당하면 원유 수입선 및 무역에도 심대한 타격을 입어서 대한민국의 장래가 지극히 암담하게 될 수 있는 위급한 상황에 도달했습니다.

처음부터 저도 주장했지만..앞뒤 재지 않은 **성급한 탈원전 정책은 큰 재앙을 불러올 것**이며..현재 우리가 가진 원자력 기술을 바탕으로 '<u>단기간에 한국이 핵무기를 제조할 것</u>'을 우려하는 **김정은이 제일 바라고 있는 방향**으로 대한민국의 정책이 추진되고 있는 셈이라서 우리로서는 심각한 위협이 될 수밖에 없습니다. <u>그리고 원자력발전이 줄어들면 전기세는 필연적으로 오릅니다.</u>

Moon Night 달밤

Mad group of themselves   **미**친 무리들

Only the impossible attempt   **리**얼한 무리수에

On conservative is powerless   **보**수도 무능

Now in the flowing times   **는**적대는 세월 속

Non stop train runs   **달**리는 기차

In progress day and night   **밤**낮 없이 진행 중

Generally it's common sense   **의**례적인 일

High speed march end then   **고**속 행진 끝나면

That'll be overturn all charge   **독**박 쓰겠지

Win 이기다, 승리하다

Whatever your straight speaking   홍두깨 막말
If you do that you can't get a damn 준 것도 다 못 받고
Now you lose all the vote   표밭 잃는다

Wild your card is need changed   홍패 바꾸고
It need also changed to swift horse 준마로 갈아타고
New supporters you have to meet   표심 찾아라

Dog 개

Do not over phase
Only you meet impeachment right away
Good finishing is better for you

오바하지 마
바로 탄핵당한다
마무리 잘 해

Dummy 허수아비, 가짜, 바보, 마네킹 인형

Definitely the brisk Korean economy
Unbelievably killed it without severely
Made a final announcement
Maybe evil has suppressed justice
You know I'll see if you're proud

"I never died"(Park, Geun-Hye 2017.03.10)

> 팔팔한대한민국경제
> 인정사정없이죽였다
> 의심투성이최종발표
> 악이정의를억누르고
> 당당할지지켜보겠다

헌법재판소장 이정미 부친 이재만은 울산 용잠초등학교장으로
재직 때 북한으로 돈을 보냈다는 현직 교사의 증언이 있으며..
학교 설립자 이종만은 월북하여 김일성 대학을 설립했다 함..
이정미는 문재인과 오래된 절친이며..이정미 남편은 통진당원

Impeach 12.9 탄핵정변

In this time make me right	나를 옳게 깨우칠
Maybe there is no radio and TV	라디오 티비 없고
Perhaps all we're gonna lose	잃을 것만 전부인
Even tacitly lean toward	은연중 기울어진
All the people and playground	백성과 운동장 뿐
Could be here all angry crowd	성질 뻗친 군중들
Hotly came out into the field	들판으로 나온다

* https://youtu.be/ntAfXqc2p54

위 주소를 목사해서 붙이면 정규재 칼럼 : 김평우 변호사의
"변론 재개를 요구한다" 내용이 나옵니다..
(스마트폰으로도 가능)..
동영상 시간 1시간21분04초..현재 조회수 157,100회)

헌재 탄핵 심판 예상
Expect Constitutional Court Judgment

헌 법 재 판 소 탄 핵 심 판 예 상

일	찍	부	터	예	감	하	고	있	었	다
이	대	로	나	라	가	망	할	것	이	냐
삼	일	절	집	회	에	서	확	신	했	다
사	명	감	에	태	극	기	흔	들	었	다
오	판	은	절	대	로	없	을	것	이	며
육	명	각	하	➡	기	각	으	로	예	상
칠	명	이	라	면	더	욱	좋	겠	지	만
팔	명	재	판	관	이	잘	심	의	해	서
구	국	의	심	판	을	하	리	라	믿	고
십	일	오	전	11	시	를	기	다	린	다

헌법재판소
Constitutional Court of Korea

국민과 함께하는 정의의 파수꾼
헌법을 수호하고 국민의 기본권을 지켜주는 곳!
바로 헌법재판소 입니다.

People 국민

Patriotism only

Endless hordes of Taegeukgi

Overflow with people

People jammed up on the broad way

Laying bare providence and public

sentiment

Exposured excellent scene

盡 진짜 애국심

人 인산인해 태극기

事 사람들 물결

待 대로를 메운

天 천심 민심 반영한

命 명장면 연출

Answer 대답, 해답

Answer's don't know at all
No telling about what may happen
Sometimes I'm very afraid of that
Want in generally
Especial decision of God
Real clear answer

盡 진짜 모른다
人 인정하기도 싫고
事 사뭇 두렵다

待 대략 바란다
天 천지신명 내리실
命 명쾌한 답변

* https://youtu.be/TPhjpvK75dU

위 주소를 복사해서 붙이면
헌법재판소 최종변론 내용이 나옵니다
(스마트폰으로도 가능함..동영상 시간 : 19:33)

She 그 여자 박근혜

She became completely moron   병신 다 됐다
Hour by hour trust has fallen   신뢰는 떨어졌고
Eventually hers salary is gone   년봉도 삭감

혹자는 탄핵이 정당했다고 하는 사람들도 있습니다만
어디까지나 각자 처한 입장에서 할 수 있는 말이며..
그럴 수밖에 없는 정치적 셈법에서 하는 말이라 봅니다..

탄핵은 천부당 만부당 한..법치를 무시 당한 심판이었습니다..
돈 한 푼 받았다는 증거도 없이 일방적 추정으로 밀어붙인..
당시 극렬한 여론에 편승하여 결정된 탄핵입니다..
탄핵과 관련하여 죄를 물어야 할 사람들이 분명히 많습니다..

사람들은 말합니다..받아먹은 것도 없이 감옥살이 한다고..

**그러나 당사자는 당시 잘못한 게 많습니다..온당한 조치를 제대
로 못했기에 벌어진 자업자득이지요..안타깝지만 사실입니다..**

정권이 바뀌고..세월이 흐르면..
역사가 말을 해줄 것으로 믿습니다..
그리고 머잖아서..집어 넣은 사람도 감옥에 들어가게 되겠지요..

Abcde 알파벳 abcde

Abdication is right thing all?	하야가 능사일까?
Being a big deal now	야단 났구나
Could be all impassability president	만사 불통 대통령
Definitely can't wait any longer	사정 못 봐 줘
Especially many people in a hurry	성질 급한 놈 많다

Fatal 치명적인, 불행한

Forget about it now   잊어라 이젠
At taste of melt on tongue   혀에 살살 녹는 맛
This is not a reality you know   진짜 아니야
And your constant misdeed   계속되는 악행도
Lot of things you can't hide   절대 못 감춰

'비선실세'로 활동하며 국정을 농단했다는 의혹을 받고 있
는 최순실씨(최서원 60)가 31일 피의자 신분으로 검찰 조사
를 받던 중 긴급체포 됐다.

좌지우지 우병우

With excellent name left and right same
The fucking bastard with a power
Only left alone oddly from foolish president

우로도 우병우라   우수한 이름갖고
병권을 틀어쥔채   **병**신짓 하는놈을
우둔한 대통령이   우습게 그냥두네

* WTO = World Trade Organization   세계무역기구

Anti-China 중국 길들이기

Actually we're the top of the semiconductor
Nowadays Korea is proud country
Take a turn even if to the worst anyway
I suggest that let's give awful time to them

Counterpart between counterpart country
Hold back export ship abroad against them
Immediately block the delivery to China
Now China could recieve a hard time of it
Ask to us for theirs life probably

반도체 왕국
도도한 대한민국
체면 구기면
중국을 물 먹이자
국가 대 국가
수출 길 틀어막고
출고 안 하면
중국은 똥줄 타고
단내 나겠지

Ace 알파고

At the go game
Cause of turbulent preview
Emit a master go player

알 바둑 판에
파란만장 예고편
고수 나왔다

* go game : 바둑 게임

AAM 알파고

Alpha-go won completely
At his sweeping for three games
Mankind drank a bitter cup

알파고 완승
파죽의 삼연승에
고배 든 인간

* Alpha-go : 인공지능 바둑

Ear 귀

Embarrassed rumor with country is a mess
Actually rumors are not heard by anyone
Real public mind that you don't see by hawk's eye

민망한 소문 돌고 나라는 엉망이다
소문은 누구나 다 듣는 것은 아니며
매서운 두 눈으로도 못 보는 민심 있다

Nuc 핵무기(=nuclear)

No nuclear bomb in principle   **핵**은 안되지

Unconditional we must stand it, but   **무**조건 참는다만

Can do it in the future   **장**차는 한다

이제 핵무기 국내 개발을 고려할 때다

가령 요다음 대통령에 출마하려는 사람이 있다면

나의 이 이야기에 반드시 귀를 기울이셔야 합니다

다 아시겠지만 우리나라는 핵 기술 보유국입니다

라듐 우라늄 플루토늄도 상당량 확보되어 있어서

마음만 먹으면 1년 내에 핵무기를 만들 수 있지요

바로 이웃 일본은 물론 우리보다 더 앞선 나라이고

사시사철 핵무기가 늘어만 가는 나라가 중국이며

아예 북한도 스스로 핵 보유국이라 천명했습니다

자화자찬 국격이 높다는 말로는 이제 안 통합니다

차라리 어려움을 무릅쓰고라도 개발해야 합니다

카리스마 있는 대통령이 나와 줘야만 가능하지요

타산지석으로 핵 가진 이스라엘 국격이 상당하며

파키스탄과 중국에 인접한 인도도 핵을 가졌지요

하루 빨리 우리도 핵으로 무장해야 강자가 됩니다

Public mind messenger 나는 민심 전달자

Myself here on night and day	나는 주야로
Every day squirming all day long	는적거리고 있다
Surely I'm reading everything	전부 다 읽고
Search the hot news and then	달달한 뉴스 보며
Even the contents within subtitles	자막에 담긴
Normally analyzing a public mind	일단의 민심들과
Get besides	**뿐**만 아니라
Eventually what'll happen to this	이게 어찌 될 건지
Really I guess everything	다 짐작한다

앞에서 사람 이름 행시를 쓰면서 잠깐 말씀 드린 바 있지만
이 글들은 세상 민심을 두루 두루 읽고
그 느낌을 나름대로 행시를 통해서 표현해 본 것입니다
저의 역할은 어디까지나 적나라한 민심의 전달자일 뿐이며
세상 민심을 제 머리로 지어내거나 움직일 수는 없지요
그저 여러분과 함께 세상을 살아가는 한 사람일 뿐입니다..

혹시라도 읽으시는 독자에 따라서 다소 언짢거나 불편하셨다면
넓으신 양해를 바랍니다..개인적인 저의는 전혀 없습니다.. *)*

People 국민

Powerful line poems open now   행시로 열고

Everything has say with poems   시로 말한다

Out of real heart to every one   속마음 내비치면

People well received than thought   의외로 호응하니

Loud of crises of common people   민초의 외침

Even very righteous it is   심히 의롭다

4 letters idiom 2015
답답한 한 해를 보낸다

혼탁한 정치사회 언제나 맑아질까
용감한 군주밑에 눈치만 보는부하
무슨말 하더라도 불통은 여전하고
도대체 대통령질 하고는 있는건지

'혼용무도(昏庸無道)' –
2015년 교수들이 선정한 올해의 사자성어
어리석은 군주가 세상을 어지럽히다

4 letters idiom 2015 　교수신문 선정

정직한 사회
본보기 엄벌
청와대 솔선
원뿌리 싹둑

正本淸源

'근본을 바로 세운다'는 것을 뜻하며,
지난해 '관피아'의 먹이사슬,
의혹 투성이의 자원외교,
비선 조직의 국정농단과 같은
어지러운 상태를 바로잡아
근본을 바로 세우고, 상식이 통용되
는
사회를 만들자는 의미

[ㅇㅇ회] **회**생은 불가하고
[ㅇㅇ천] **천**시를 놓쳤으니
[ㅇ재ㅇ] **재**주는 동강나고
[조ㅇㅇ] **조**상도 돌아섰다

回天再造

쇠퇴하고 어지러운
상태에서 벗어나
새롭게 나라를
건설한다는 뜻

4 letters idiom 2015 교수신문 선정

사람을 바로쓰는 인사
필수직 각료전원 군필
귀한몸 모시려다 품귀
정문만 통과해도 인정

* 2015 청문회에 기대함 *

事必歸正

모든 일은
반드시 바른 상태로
돌아간다는 뜻

거시기 해도 올곧은 사람
직언은 해도 뒤끝은 없고
조그만 일은 양보도 하고
왕성한 투지 태우는 사람

* 청와대 인적쇄신에 기대함 *

擧直錯枉

곧은 사람을 기용하면
굽은 사람도 곧게
만들 수 있다는 뜻

4 letters idiom 2015
김기춘 비서실장 신년사

파란집 형편
부창에 부수
침침한 그늘
주름좀 펴자

破釜沈舟

밥 지을 솥을 깨뜨리고
돌아갈 때 타고 갈 배를 가라앉힌다는 뜻으로
살아 돌아오기를 기약하지 않고
결사적 각오로 싸우겠다는 굳은 결의를 비유하여
이르는 말이다

Abc 알파벳 abc

America pushing the bluff and UN give them too
By with missile firing again at Musudanri n-Korea
Continuously don't care about Japanese threaten

미국은
엄포 놓고
유엔은 겁 주는데

사고 칠
무수단리
새 준비 마친 북한

일본이
쌍심지 켜도
눈도 꿈쩍 안 하네

잘못된 역사 바로 잡기
Missing Korean history Correcting

After the country   국가가 우선

Before open politics   정치 펼치기 전에

Concern about national textbook   교과서 갖고

Debate of ideological is not good   과도한 이념 논쟁

Every time I feel sad reality   서글픈 현실

일본이 삭제한 우리 상고사의 진실을 중국과 일본은 다 알고 있다
동북공정도 크나큰 문제이고, 일본은 자기 역사를 미화하기 위해
조선총독부가 한국의 상고사를 왜곡, 줄여서 한반도 내에 가뒀다
중국과 일본은 우리 역사를 강탈한 도둑이며..이에 동조하는
친일, 친중 사학자들은 진정한 애국자가 아닌..反歷者들이다..

조선총독부가 만든 35권의 [조선사 2천 년]은 史實과 다르다..
단군신화로 왜곡했으나 신화가 아닌 실존 역사로 안파견 환인천제가
중앙아시아에서 환국을 건국한 때로부터 무려 7만년 역사이다..
일제가 우리 상고사 역사 서적 20만 권이나 수거해 불태웠으나..
단군조선은 중국 대륙 대부분을 점령하고 호령한 대제국이었다..

제대로 된 우리의 역사를 되찾고 후세들에게 가르쳐야 한다..

고장난 우리 역사(송부웅 국사바로알기 중앙회/한국상고사 교육원장)
하늘에 새긴 우리 역사(박창범 서울대 천문학과 교수 2002)
고구려 신라 백제가 중국대륙을 지배(성봉석 내눅소션사년구회징2004)

Sea 바다

Stop the passage of time   세류 멈추고

Even moonlight has bluish   월색은 창연해도

A breathing is tough   호흡 거칠다

Sea 바다

Silent wave   조용한 파도
Even sea's keep quiet   바다는 침묵해도
A heart is beating   심장은 뛴다

Merry Chtistmas   메리 크리스마스

메일써서 청와대로 보내볼까 생각타가
리플없이 버릴까봐 요기다가 써올리네

크다랗게 구멍뚫린 대한국민 가슴속엔
리듬감각 사라지고 돋굴흥도 별로없네
스타트도 시원찮고 하는족족 말도많아
마지막에 잘마칠지 두고봐야 알겠지만
스트레스 그만주고 멋진정치 펼쳐주소

Black list 지금 당장 찾아서 족칠 놈들

Frolic guy
Uncover everything
Now give a scolding

해롱대는 者
돋보기로 찾아서
이 참에 족쳐!!

[지금 당장 찾아서 족칠 놈들 Black list]

1. 항공기 대가리 돌리는 者
2. 청와대 기록물 빼내는 者
3. 생명을 무참히 해치는 者
4. 수술실 안에서 밥먹는 者
5. 지위를 망각한 성추행 者
6. 경제도 못살린 트릿한 者
7. 위협도 못막는 무능한 者
8. 개코도 아닌게 힘쓰는 者
9. 직위를 이용해 청탁한 者
10. 국민을 우습게 여기는 者
11. 검찰의 이름을 더럽힌 者
12. 정은이 동네가 좋다는 者
13. 무리한 복수를 노리는 者

Spends 2014 Korea　2014년 한 해를 보내며

가라앉은 세월호와 아홉 영혼을 바다에 남겨둔 채
나라 안팎 여기저기서 오늘도 인명 사고가 터진다
다 잡아들일 듯 시작하더니 십상시는 꼬리만 남고
라디에이션 위협을 경고한 원전 해킹도 못 밝힌 채
마지막 한 장 남은 달력이 지금 떨어져나가고 있다
바라고 원하던 대로 통진당은 그나마 해산 됐지만
사리 분별 못하는 종북 잔당은 여전히 날뛰고 있고
아직도 갑질 재벌은 가던 비행기 대가리도 돌리고
자식이 부모를 부모가 자식 죽이는 건 흔한 뉴스다
차명으로 묻힌 구원파 재산은 환수할 기미도 없고
카리스마 빡센 여의도는 고개 한번 숙이지 않은 채
타성에 젖은 여야 집안 싸움에 해가 지고 날이 샌다
파란 집 주인은 해묵은 찌라시 타령만 하고 앉았고
하나 남은 로또 당첨의 희망은 올해도 소식이 없다

- 가나다라 #166 / 2014. 12. 30 -

문건유출사건 - 천천히 사라져
Document leakage event / Disappear slowly

문건작성 ㅂ X 천

건성확인 ㅈ X 천

유력동생 조용히

출구없는 언론사

사철힘쓸 제비라

건재과시 이뤄져

- 2014. 12. 29 -

4 letters idiom 2014 교수신문 선정
指鹿爲馬

(교수신문 선정 올해의 사자성어)

지적도 받지않고 받아도 꿈쩍않고
록록치 않은者는 언론서 잠수타고
위아래 힘겨루기 낯짝에 철판깔고
마지막 걸린者는 피라미 깃털이네

- 2014. 12. 21 -

指鹿爲馬(지록위마) : 사슴을 가리켜 말이라고 하다.
흑백이 뒤바뀌고 사실이 호도된 것을 일컫는 말이며
윗사람을 농락하고 함부로 권세를 부리는 것을 비유하는 말.

Power trip 땅콩 리턴

Cho family in that day   조씨 집안에

However unwise act happened   현명치 못한 처사

Of course that's on a power trip   아무튼 갑질

- 2014. 12. 10 -

미국 뉴욕발 인천행 대한항공 1등석에 탑승한 조현아 부사장이
기내에서 제공된 견과류 서비스를 문제 삼아 화를 못 참고
"너 내려!! 비행기 못 띄워"
이미 활주로로 출발한 비행기를 회항시켜 결국 출발을 늦춘 채
기내 서비스 책임자인 박창진 사무장을 내리게 한 사건으로..
언론에서는 '땅콩 회항' '땅콩 리턴'이라고 보도하고 있다.

마카다미아 견과류를 까지 않고 봉지째 갖다 줬더니
그릇에 담아 오지 않았다고 손찌검에 지랄 발광을 떨었단다..
뭐 하나 제대로 풀리는 것도 없는 답답한 세상에서
사람들이 이런 갑질을 그냥 보고 넘길 리가 없지..
대형 망신에 외신들도 한참 씹고 있다..
아마도 재벌 갑질녀 혼구녕 날 일만 남은 것 같다..

10 eunuch influence peddling
십상시(十常侍) 국정농단

십인의 핵심 실세 주무른 외부 인사
상상을 초월하는 국정의 농단인가
시중에 회자된 소문, 치마까지 벗겨라

- 2014. 11. 29 -

십상시(十常侍)는 중국 후한 말 영제(靈帝) 때에 정권을 잡아
조정을 농락한 10여 명의 중상시, 즉 환관들을 말한다.

College entrance exam tips 수능시험 요령

Find out the intentions of the examiner
Let's keep your best conditions
You'd better focused with your goal

출제자의 의도를 잘 파악하라
제일 좋은 컨디션을 유지하라
자신의 목표를 찾아 집중하라

- 2014. 11. 14 -

Leaflet against the North 대북전단

先 선전삐라는 남몰래 날려도 효과가 충분한데
公 공명심과 영웅심리의 표출은 아닐는지?
後 후원금을 많이 받기 위한 쇼는 아닐는지?
私 사회 통념과 정부 입장도 고려하길 바란다

- 2014. 10. 28 -

대북전단은 확실히 뿌려야 한다
북한도 대남전단 뿌려대고 있다
전쟁없이 통일로 가는 길이지만
단, 소문 내지 말고 조용히 하자

- 2014. 10. 26 -

대북전단 살포는 심리전에 있어서 최고의 효과를 얻는다..
북한 입장에서는 제일 싫어하고 두려워하고 있겠지만
어떤 제약이 있더라도 꼭 뿌려야 한다..
남북통일을 앞당기는 지름길이다..

Sea 팽목항 아직도 그곳엔

Spurt sun is hot within tight tensions
Even body buried at sea and soul had gone
A quiet requiem with silence hung over the port

팽팽한
긴장 속에
솟는 해 뜨겁지만

목표는
수장되고
영혼은 실종 상태

항구에
흐르는 정적
소리 없는 진혼곡

- 2014. 5. 26 -

Dishonor the Public Prosecutor General
검찰총장 망신

채 실시하지 못했으니 유전자 검사결과는 모른다
동료 내연녀 가정부 학적부 은행만 털었을 뿐이고
욱박질러도 절대로 제 아들이 아니라고 우겨댄다

- 2014. 05. 08 -

Always hot withdrawal 늘 화끈한 철수

다양한 견해들이 쏟아져나와
섯불리 판단하기엔 이르지만
포용력 추진력이 의문스럽고
기존세력에 밀리는 형국이다

- 2014. 4. 11 -

1. 서울시장 ➔ 박원순
2. 대선후보 ➔ 문재인
3. 신당창당 ➔ 민주당
4. 새정치 ➔ 구태답습
5. 무공천 ➔ 여론정치

4 letters idiom 2013
교수신문 선정 2013년 사자성어

도무지 이해안돼 푸른집 훌겨본다
행정부 입법사법 모조리 쥐었으면
역으로 생각해서 국민을 살펴야지
시대가 어느땐데 아직도 불통이냐

도행역시

거꾸로 행하고
억지로 실시한다
다시 말해서
순리를 거슬러
행동한다는 뜻

Made in Japan 일제 아식스 신발

아직도 일본제품 이용이라니
식자나 위정자들 정신나갔다
스스로 앞장서서 이끈다면서

벗어도 시원찮을 일본제품을
지키고 선전하는 우리대통령

프로야구 KS 3차전
대통령 시구에서
아식스 신발 착용

Novelist Choi, In-ho 최인호 1945-2013

"글을 쓰지 않는 작가는 불행하다"
을밋한 글을 쓴다면 역시 불행하다

쓰려고 맘먹으면 딱 부러지게 쓰자
지금 이 말은 개성있게 쓰자는 거다

않는다면 몰라도 어차피 쓸 거라면
는적거리면서 어설프게 쓰지 말고

작가의 색깔이 드러나는 글을 쓰자
가령 야한 글을 쓴다면 적나라하게
는실난실 요분질까지 잘 묘사하고

불합리한 사태를 본다면 참지 말고
행시를 이용해 전방위로 고발하고
하얀 솜털 같은 서정시를 쓰겠다면
다쳐진 솜씨를 잘 발휘해서 써보자

"글을 쓰지 않는 작가는 불행하다"

Friday the 13th 검찰총장 사의표명(9.13)

십팔..십팔대 대선과 관련이 있나벼
삼삼하게 일 처리 잘 한다 싶었는데
일번지 그네 줄을 영 잘못 건드렸나
의혹이 진짜 처럼 너무 부풀려 졌나
금기 사항을 하여튼 어긴 것 같으네
요령도 허사요 잘난 놈도 필요 없고
일단 눈치 없으면 배짱 좋아도 헛일

婚外子

혼자 만들 수는 없는 노릇이고
외갓집에선 분명 애비를 알 터
자식 밝히는 게 이리도 어렵나

Your junior give you 후배가 감히 선배에게

가령 당신이 후배라면 선배라고 봐 주실런지요?
나와는 고등학교 동문 선후배 사이지만
다른 사람들과 생각에서는 별 차이가 없지요
라이프 스케일이 워낙 크신 양반이라곤 해도
마지막까지 버텨서 득 되실 일은 없습니다
바로 보시는 눈과 마음을 지니셨다면
사람들 기분과 정서가 현재 어떤지 짐작하시어
아둔한 고집 그만 버리시고 마음 비우십시오
자꾸 미룰수록 천추에 한이 될 욕만 남게 되고
차가운 국민 감정이 완전히 돌아설 뿐이지요
카리스마 있는 결단과 통 큰 판단 못 내리시면
타게트가 되어 그 돌 혼자 다 맞으십니다
파란 하늘 내려다 보고 있는 지금이 기회이니
하루 빨리 추징금 완납하시고 사과 하시지요

- #140 / 2013. 9. 1 -

N-Korea, Declaration of disposal for Inter-Korean non-aggression agreement

北, 남북 불가침 협정 폐기 폭탄선언

바쁘지 않은일이 어디에 있겠소만
보란듯 버티면서 몽니만 부린다면

박근혜 찍은국민 결국은 등돌리고
근무에 시달리고 생활에 찌들리니
혜택도 X도 없는 이나라 개판되네

Deny past history 과거사를 부정하는 민족

Just violated on widows and married women
Always proud of it shaking his dingus
Perhaps must say something nice if you're man
Apolozie you have to what unjust things
Now must cut his cockhead if assert only justice

과부든 유부녀든 닥치고 먹은놈이
거시기 흔들면서 자랑만 하고있네
사람의 탈을쓰고 말이나 곱게하지
부정한 방법으로 먹은건 사과않고
정당함 내세우면 대가리 짤라야지

Nipponjin likes a war criminal as quiet 야스쿠니

야만인은 자고로 전쟁을 좋아한다
스스로는 얼마나 나쁜지 모르면서
쿠린내를 온천지 주변에 뿌려댄다
니뽄진은 은근히 전범을 좋아한다

N-Korea's 3rd nuclear test success
북한 3차 핵실험 성공

가진 자와 못 가진 자의 차이
"우리도 핵무기를 가져야 한다"

[세계는 지금..]

핵무기 가진자가 기득권 차지하고

무능한 후발주자 못갖게 짓밟으며

기싸움 정보싸움 이기심 심각하다

[북한은 지금..]

핵실험 성공하고 세계를 뒤흔든다

무조건 안막으면 불보듯 뻔할뻔자

기세가 등등해서 미친짓 계속한다

[한국은 지금..]

핵연구 오십년에 핵발전 삼십여년

무서워 안만드나 힘없어 못만드나

기회만 엿보다가 칼자루 내어준다

Korea joins Space Club
대한민국 - 스페이스 클럽 가입

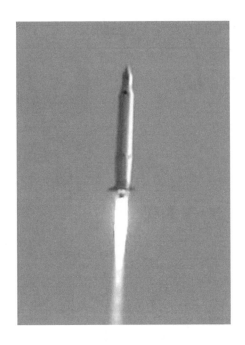

나라는 우주선을 날리는 수준인데
로비와 부정부패 비리가 난무하고
호되게 얻어맞을 공직자 뿐이라서
발벗고 따라가도 정치는 멀었나벼
사는게 너무바빠 뉴스도 뒷전이고
성생활 제때못해 숙제도 밀렸지만
공중에 솟은위성 자존심 뿌듯하네

Impartiality personal affairs
박근혜 탕평 인사 기대

고뇌에찬 국민통합 탕평인사
소외계층 청년세대 갈등봉합
영남배제 호남충청 우선발탁

고소영(고려대, 소망교회, 영남인사) 이런 거 말고..
박근혜 스타일의 인사철학을 기대

51.6% of the vote 51점6% 득표

51.6%의 국민 지지로 대통령이 됐다

10.5%의 호남표도 가벼이 생각 말고

　　나빠지는 경제 사회 불안을 끊고

61년의 5.16처럼 큰 일 한번 쳐다오

New Republic of Korea birth
새로운 대한민국 탄생

자식뻘 청장년과 손주뻘 대학생들
유권자 의식높아 투표율 사상최고
대체로 짐작했던 지지율 현실되고
한번도 역전없는 깨끗한 승리였다

수권을 표방했건 교체를 시도했건
호불호 네편내편 이제는 모두잊고
의로운 통합정치 새로운 민생정치
지구촌 중심점에 힘차게 태동한다

Resign Lee In the presidential race
먹튀 이정희

이십칠억 제대로 챙겼다

빠진자리 이파전 뜨겁고
진짜배기 싸움이 진풍경

대통령은 이틀뒤 뽑히고
선수들은 식은땀 훔친다

Presidential race D-8 aspect 대선 8일 전 양상

아랫말 철수네는 젊은표 독려하고
전통돈 육억쓴놈 발끈해 역공하고
인공기 추종자는 대기업 딴지걸고
수수한 어떤후보 얄팍한 문제인식

Trickery Election Admin Committee
야바위 선관위

야당 대표만 떨구면..
바로 대통령 된다는..
위험 천만한 짓거리?
(재질문과 재반론 없이 뭔 토론?)

선입견인지 모르겠지만서도
관리 잘 해주고 돈이나 받는
위험한 인물이 맡은 것 같어

Calculation within mind 안철수 계산

안보탤 속마음과 안펼칠 적극유세
철저한 계산속에 철야로 종횡무진
수익이 얼마일까 수개월 뒤에보자

안전한 길은없다 안되면 되게하라
철퇴를 피하려면 철저히 준비하라
수많은 장애물이 수시로 등장한다

간사람 아쉬워서 간절히 부르지만
철없이 달았다가 철저히 식은마음
수없이 생각해도 수치심 뿐이로다

Two unfortunate concessions
아쉬운 두 번의 양보

안나오고 결국은 양보하고 마는 DNA
철저한 계산 끝에 내린 결론이겠지만
수퍼스타의 모습이 과연 이런 것일까

Industrial accident death 삼성아!! 건희야!!
(삼성을 아끼고 염려하는 국민의 소리...)

삼성은 자랑스런 초일류 기업이나
성하고 망하는건 역사가 심판한다
行詩로 두드려서 열릴진 모르지만
버려진 산재사망 수많은 어린생명
스스로 외면하면 결단코 후회한다

삼성행 버스를 탄 군산여상 소녀들의 비극

한겨레21 | 입력 2012.07.06 18:11

연봉 높고 기숙사 생활해 인기 좋았던 직장,
1995년 이후 한 해 100명·150명씩 취업...
작업라인에 섰던 이들은 종양·다발성경화증을 앓고,
백혈병으로 남편을 잃고, 재생불량성빈혈을 앓다 죽고...

병명은 각각 이렇다. 중증 재생불량성빈혈, 두경부경계성종양, 다발성경화증, 백혈병. 군산여상 출신들만 유독 힘든 운명을 타고났을 리 없다. 각각 이곳에서 일하다가 갑자기 병이 생겼다. 삼성 액정표시장치(LCD) 천안공장, 삼성반도체 기흥공장, 삼성 LCD 기흥공장, 삼성반도체 기흥공장.[중략]

졸업을 앞둔 소녀들.. '산업의 쌀'이라는 반도체가 오랜 전통의 지방 여고 출신들을 힘들게 하고 있다.[후략]

Broadcasting accident 이해찬 방송 사고

버릇은 웬만해서 고치기 쉽지않아
럭키한 전직총리 행운도 거기까지
해오름 큰뜻품고 지지도 오르더니
찬물을 끼얹은듯 갑자기 가라앉네

Kim, Jong-il's death 하필 이때 김정일 사망

김경준 비비케이 묻히는 측근비리
정신이 쏠린틈에 디도스 잊혀지고
일본서 큰소리친 위안부 뒷말없고
사년전 대선승리 생일상 뒤로한채
망각의 그늘에서 계산기 두드리네

축복받은 대한민국 늦었지만 서광반짝

김정은이 아직어려 후계구도 불안하고
정권다툼 벌어지면 어찌될지 모르는일
일선부터 후방까지 철통대비 유지하고
사태추이 지켜보며 전국민이 단합해서
망망대해 헤쳐나갈 새로운힘 다져보세

Rest in peace Captain Park, Young-seok
편히 쉬소서 박영석 대장님

박차고 올라섰던 최고봉 십사완등
영원한 산악영웅 박영석 님이시여
석별의 아쉬움에 가슴이 저미지만
대장님 흔적찾을 새봄을 기다려요
장대한 모습으로 뵙기를 소망하며
님없는 히말라야 허공만 바라보네

See you next election 다음 선거 때 또 보지

다홍빛 속속들이 피같이 붉은단풍
음풍에 옆구리가 가볍게 시려오네

선명한 가을하늘 잠자리 붉게날고
거리에 너울대는 풍년가 드높은데

때마침 좋은선택 새로운 기대속에

또다시 믿고맡긴 새일꾼 새주인공

보수냐 진보냐도 탓하지 않을테니
지금껏 못본정치 멋지게 펼쳐주소

It's not a negative 네거티브가 아닌 역사입니다

See the situations right   네티즌 크게눈떠 시국을 바로보자

Who will trust Seoul to   거대한 서울시를 뉘에게 맡길건가

Always nice without red   티없이 맑은나라 빨갱이 없는나라

No left in this country   브라보 대한민국 좌익은 설데없다

[제주4.3사건의 진상/이선교]..2008.8.25/현대사포럼 대표, 목사

2003년 정부 주도로 진상 조사되어 발표한 [**제주도 4.3사건 진상 조사보고서**] 실질적인 작성은, 과거 미군철수와 반미운동을 한 바 있는 **박원순 변호사가 당시 진상조사보고서 작성기획단장**이었다.

1988년 전대협 출간 [우리는 결코 둘이 될 수 없다]의 핵심내용은 '**제주4.3은 민중항쟁이다**'이며 정부 군경 미군이 양민을 학살한 것으로 거짓 주장하고 있다..**좌파인사들의 주장과 동일한 내용을 담고 있는 [제주4.3사건 진상조사보고서]로 인해서 오히려 당시 폭도들이 선량한 희생자로 묘사되고 군경이 역적이요 학살자가 되었으니 오류가 보통 심각한 것이 아니라고 본다**. 이선교 목사는 현재 제주4.3평화공원은 폭도들을 위한 '폭도공원'으로 보고 있다.

당시 폭도들이 군경을 습격하고 살인을 자행한 사실 등 좌익인사 들과 관련된 많은 내용들은 누락시킨 채, 이승만 대통령의 계엄 선포만 부각시킨 좌편향 보고서의 심사의 허위, 왜곡을 지적한 이 선교 목사의 **심사무효 확인소송은 현재 서울고법에 계류 중**인데 나라를 사랑하는 국민의 한 사람으로서 끝끼지 지켜보겠다.

Thief VS Commie　도둑년 VS 빨갱이

10.27. 02:24 현재
서울시장 선거 실시간 현황

10.26 재보선 전체 선거 현황 ›

YTN 생중계 ›

100%
개표 완료 ⟳

서울시장선거

기호10번
무소속
박원순

당선

53.40 %
2,158,476표

1·2위 표 차이
290,596

기호1번
한나라당
나경원

46.21%
1,867,880표

도저히 뽑을생각 안나는 선거였다
둑터진 봇물처럼 민심은 빛났지만
년놈들 꼬라지는 마음에 안들었다

VS

빨아도 또빨아도 걸레는 걸레일뿐
갱지가 한지되고 휴지가 백지되랴
이참에 나온말들 귀담아 들을지다

Electoral campaign aspect 선거전 양상

병신들 생각짧아 병법도 못펼치고
신랄한 비판속에 신뢰가 달랑달랑
들이댄 노력보다 들어간 돈이많네
육갑들 떨다보니 육시랄 욕도먹고
갑자기 들춘비리 갑론에 을박이라
떠버리 나팔불고 떠도는 소문많아
네가가 판을치니 네다리 후들후들

President Steve Jobs 1955-2011 스티브 잡스

스티브 잡스회장 아쉬운 인생유전
티없이 멋진생각 독특한 아이디어
브라보 외칠만한 애플과 매킨토시
잡다한 세계유수 아이티 선도하고
스스로 일등이된 최고의 유명인사

Who made the text book? 이 책 누가 썼어?

간첩들이 고교역사 교과서를 만든다면
첩자답게 대한민국 잘했던일 까내리고
이북에서 주장하는 못된것만 올리겠지
쓴맛단맛 다본국민 두눈뜨고 지켜보니
교과서가 너무하네 어떤놈이 만들었노
과거정부 업적들은 고스란히 누락하고
서너차례 북한도발 한마디도 언급없고
같은말을 하면서도 북한용어 그냥쓰네
군말말고 조사해서 잡아넣고 족쳐보지

<u>상식으로는 이해가 안 되는 대목들이 많다</u> <조갑제 닷컴 참조>
ㅇ 교수 필진 9명 중 8명이 國保法 폐지 등 좌파적 행동 이력자
ㅇ 한국사 교과서에서 '대한민국 建國'이란 말이 일제히 빠졌다
ㅇ 아웅산 테러, 천안함 폭침, KAL기 폭파 등 북한 7大도발 누락
ㅇ 北核문제를 다루면서 북한의 核실험 사실을 누락한 책도 있다
ㅇ 남한의 人權문제는 집중적으로 쓰고, 북한의 人權문제는 누락
ㅇ 세계사를 바꾼 서울올림픽을 언급하지 않은 교과서도 2개 있다
ㅇ 대한민국 역대 정부에 대해 22번 독재라 지칭, 북한은 5번 지칭
ㅇ 이병철 정주영 등 기업인은 무시, 전태일 등 노동자만 집중 우대
ㅇ 불법 入北, 反국가 활동 문익환, 임수경 처벌을 '탄압'이라 표현
ㅇ 反軍反美 선동영화 '화려한 휴가', '웰컴 투 동막골 ' 관람 권유

Stupid Mayor 멍청한 시장

멍청한 시장뒤에 머저리 여당있나
청력이 떨어지면 시력이 좋아야지
한나라 여론조차 제대로 듣지못해
시정을 꽁꽁묶고 세금만 날렸으니
장차에 닥칠선거 이기기 힘들겠네

똑소리 나게해야 덕볼일 생길텐데
같이할 일꾼조차 한사람 잃었으니
은근히 무너지는 소리가 들리는듯
여기서 헛짚은게 총선과 대선망쪼
당당한 모습으로 누군가 올라온다

무서운 정치꾼들 무리한 주민투표
상대적 차이없어 상처만 크게남지
급속히 하든말든 급식은 하는건데
식은죽 퍼먹듯이 식상한 당파싸움

Water bombs in Seoul 서울 물폭탄

물귀신 작전인가 끝장이 안보이네
폭우에 잠긴서울 백년에 처음이나
탄탄한 신뢰마저 이참에 무너진다

•오시장 재임기간에 수해방지예산 1/10로 감축

   2005년 서울시 수해방지예산 : 641억원
   2006년 : 482억원 (오시장 취임 첫해)
   2007년 : 259억원
   2008년 : 119억원
   2009년 : 100억원
   2010년 : 66억원
   2011년 : 44억원

   반면에, 인공하천조성 사업비는
   2006년에 618억이던 것이 매년 급증하여
   2009년 : 1724억원
   2010년 : 1158억원

   수해방지예산 총액은
   인공하천조성예산 총액의 5.7%에 불과 (2010년)

   - 인터넷 신문 기사에서 인용 -

Statue of Admiral Yi, Sun-sin 이순신 동상

이순신 장군 동상이 광화문에 돌아왔다
순전히 짝퉁이란 오명을 그대로 안은 채
신작로 한복판에서 대한민국을 지킨다
장군이 든 칼은 오른손이라 패장의 모습
군도의 형태는 마치 일본군의 군도 같고
동상에 입혀진 갑옷 또한 중국 갑옷에다
상판때기도 제작자 얼굴 닮았다는구먼

Korea tensions 긴장의 연평 앞바다

가는희망 모두열고
나간포탄 천오백발
다련장포 두루루룩
라이플도 불을뿜고
마구쏘며 시위해도
바다건너 쟤네들은
사리는지 미루는지
아직까지 소식없네
자그마한 도발조차
차후라도 걸어오면
카랑카랑 기세우고
타겟트가 쑥밭되게
파란하늘 전투기로
하루종일 작살내마

- #110 / 2010. 12. 21 -

Noise 잡소리

노통때는 노통깠고
이통때는 이통깐다
즈려밟듯 살짝살짝

잘 하시란 의미이지
앙심도 하나도 없고
악감도 절대로 없고

서민의 입장에 서서
서민의 눈이 되고자
서민의 입이 되고자

이 잡소리로 인해서
패를 갈라 싸우거나
다른 잡음이 없기를

BBK 이명박

독일월드컵 개최하기 얼마쯤 전 얘긴데 말이야
도도케이라는 인터넷금융회사를 하나 차려놓고
발표도 거창하게 하고 동영상도 찍고 그랬다가
언제 그랬냐고 오리발 내미니까 디게 재미있데

그 때 명함도 만들어서 돌리고 그랬으니까
누군가 그 명함 갖고 있는 사람도 있을 거야
근데 있잖아~ 요새 독도 발언 쑥 들어갔네

Bury to chest 가슴에 묻는다
(천안함 전사자 유가족)

가느다란 희망안고
나즈막한 기대속에
다그치던 유가족들
라디오든 테레비든
마지막말 안들리길
바라고또 바랐건만
사체인양 보도속에
아연실색 망연자실
자식잃은 부모마음
차가워진 영혼앞에
카메라를 들이댄들
타오르는 억하심정
파도치는 뱃길보며
하루종일 말이없다

- #103 / 2010. 4. 26 -

The time that day Ship-Chun-an
천안함 그날 그 시간

가셨는가 그대들, 편한 세상으로…
나중에 우리 다시 만나는 날
다 못한 얘기들 많이 나누세
라면이 먹고 싶어 죽을 뻔 했다던지
마지막 문자 조차 못 날려서 아쉬웠다던지
바지도 못 껴입고 알몸으로 급히 갔다는 둥…
사실은 애타게 구조의 손길을 기다렸을 텐데
아무도 접근을 할 수가 없는 상황이었지만
자포자기 상태로 기다릴 수만은 없었기에
차갑고 센 물살로 인해 정말로 위험했던 그날도
카리스마 넘치는 특수부대 출신 한 준위께서
타의 모범을 보인다며 선뜻 뛰어 드셨지
파랗게 질린 몸, 감압챔버가 없어 손도 못 쓴 채
하염없는 눈물만 뿌렸던 날도 있었다네

- #104 / 2010. 5. 11 -

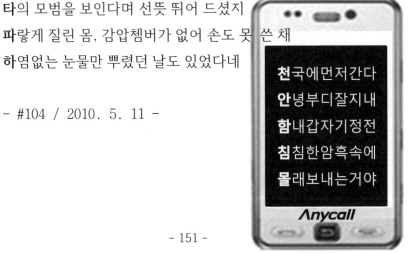

천국에먼저간다
안녕부디잘지내
함내갑자기정전
침침한암흑속에
몰래보내는거야

Abolition of adultery 간통죄 폐지

성생활 교범없어 몸으로 배워보지
적당한 간격으로 남녀가 자주자지
자는게 기술이라 꽂은채 밤새보지
기교는 뒷전이라 싸고는 먼저자지
결론은 성감대라 온몸을 훑어보지
정주고 받다보면 누구나 내남자지
권력도 여자앞엔 어쩔수 없나보지

결국은 폐지 되나 보지..

Non-possession 법정 스님 무소유

무슨일이 있더라도 사대강은 파고만다
소탐대실 하더라도 세종시는 밀고간다
유유상종 패거리는 지옥까지 데려간다

법정 스님의 입적을 애도하며 삼가 명복을 빕니다

Kim, Yu-na Gold medal 김연아 금메달

김연아 고득점 세계신
연기도 기술도 완벽해
아사다 게임도 안되지

Sejong City 세종시 쥐맘대로

世上萬事 **세**상만사 (세상 모든일)
從當逆轉 **종**당역전 (뒤집어 지니)
時間問題 **시**간문제 (가봐야 알아)

世上末世 **세**상말세로구나
終結無效 **종**결된게무효라
市中雜輩 **시**중잡배들이지

旁岐曲逕
2009년 사자성어

방방곡곡 소문나도
비비케이 나는몰라

기천만원 수억갖고
사람목숨 쥐흔들고

곡절불구 이유불문
세종시는 입맛대로

경제이득 안따지고
사대강은 하고본다

> **방기곡경**
>
> 바른 길 놔두고
> 굳이 샛길을
> 간다는 의미

Parliamentary hearing 2009 국회청문회

가증스런 모습으로 위장전입 사과하고
나름대로 머리굴려 세금탈루 해명하고
다급하면 더듬더듬 용돈수수 시인한다
라당연합 가제들은 게편들고 적당적당
마이동풍 동문서답 시간끌기 봐주다가
바로찔러 공격하는 저격수들 질책받고
사실확인 들어가면 논문중복 발뺌한다
아전인수 너무심해 국민정서 안맞으니
자진사퇴 마땅하고 임명동의 당치않네
차관조차 못할위인 장관자리 앉혀놓고
카리스마 휘두르는 총리자리 맡겨주면
타작하듯 국민패고 밥먹듯이 속일텐데
파렴치한 저사람들 청문회도 집어치고
하루빨리 입건해서 위법탈법 처벌하라

Prime minister hearing 국무총리 청문회

정나미 떨어지는
청문회 졸속답변

운칠에 기삼인가
기칠에 운삼인가

찬란한 전과집단
환상적 조합이군

보자 보자 하니…

Prosecutor general hearing
검찰총장 청문회

천생연분 위장전입
안성맞춤 쥐검청장

성황리에 호화결혼
이십삼억 빚진검사

관습적인 명품구입
늘어나는 예금잔고

Jurassic Park 쥐라기 공원

가당찮은 위장전입
나몰라라 범인은닉
다운계약 세금포탈
라인업에 들정도면
마당발에 강남부자
바리바리 쌓아두고
사돈이름 땅투기에
아들딸은 위장취업
자기재산 축소신고
차명계좌 감춰두고
카드빚은 신고하고
타인명의 차량리스
파란만장 공원관리
하나님도 골치아퍼

Ballad of Juibagy(rat) 쥐바기 타령

가여버라 쥐박이
나이값도 못하고
다수의견 못듣네
라디오로 연설때
마이웨이 일삼고
바른소리 하는척
사대강도 지겹다
아직까지 안늦네
자기자신 돌아봐
차기대선 이전에
카리스마 버리고
타성젖은 고집과
파탄날짓 관두고
하나라도 잘해봐

Destiny 운명

정신이 몽롱하고 눈앞에 별이총총
치골이 옴싹옴싹 방광이 짜릿짜릿
적당한 긴장속에 온몸에 땀이송송
타액이 흥건하니 일순간 달콤새콤
살아서 움직이는 생생한 말초신경
인생에 즐거움이 이보다 소중할까
가는길 울퉁불퉁 기름칠 자주치자

계단은 힘들어도 오르면 시원하니
획하나 점하나도 예사로 보지말자
적으면 적은대로 좁으면 좁은대로
살찌면 살찐대로 마르면 마른대로
인물로 평가말고 몸으로 확인하자
인연은 만나는것 궁합은 만드는것
가급적 많이하고 마음껏 누려보자

Suspicion of murder 타살 의혹설

타살이 아니라는 확증은 아직없다
살해의 동기만은 분명히 존재한다
의심을 하자면야 한둘이 아니지만
혹시나 헛짚어서 국민들 흥분하면
설마가 사람잡듯 나라가 쪼개진다

좋은 세상

좋도록 생각하고 잊으려 해보지만
은근히 부아끓어 갑자기 잠이깨네
세상은 맑고밝아 비밀이 없을테니
상세한 사건개요 언제쯤 밝혀질까

Political capacity is 2 MB 정치 용량 2메가

사단법인 말만좋지
재단법인 아닌가벼??

단물빨고 뱉어내는
얄팍한수 가끔쓰는…

법치국가 말만좋지
무법천지 아닌가벼??

인정사정 무시하고
사돈팔촌 옭아넣는…

대인정치 말만좋지
소인정치 아닌가벼??

한번맺은 과거인연
구린놈도 밀어주는…

민주정치 말만좋지
독재정치 아닌가벼??

국민장도 안끝나서
빈소부터 깨부수는…

Fucking your shit 니기미 씨팔

니애비가 부르짖던
기름진밥 고깃국에
미끈한옷 기와집은
씨알머리 안먹히니
팔난봉짓 그만하소

그쪽동네 배불뚝이
몹쓸병에 고생하건
쓸개빠진 짓을하건

쇠귀에다 경을읽건
덩치값을 하건말건
어떤아들 줄세워서
리바이블 하건말건

로케트를 쐈건말건
케케묵은 이야기니
트집잡을 생각없고
쏘아올린 그뒷얘기
건성으로 흘려듣고
말초신경 곤두세워
건드리고 싶지않고

신경쓰면 나만손해
경제정치 사회문화
끊고살수 있다면야
자진해서 끊고싶네

Merry Christmas 성탄절

성탄절 다가와도
캐럴송 줄어들고

탄식은 늘어나고
지갑은 얇아지고

절망감 끝도없고
주름만 늘어나네

Beijing Olympics Performance
베이징 올림픽 성적

금메달만 열세개라 세계에서 일곱번째
메다꽂고 쏘고차고 들고치고 헤엄쳐서
달콤새콤 기분좋게 역대최고 이룩했네

순위	국가명	금	은	동	합계
1	중국	51	21	28	100
2	미국	36	38	36	110
3	러시아	23	21	28	72
4	영국	19	13	15	47
5	독일	16	10	15	41
6	호주	14	15	17	46
7	대한민국	13	10	8	31
8	일본	9	6	10	25
9	이탈리아	8	10	10	27
10	프랑스	7	16	17	40

MB Barricade 명박산성

명콤비가 따로있나
박고싸고 넣고빼고
산뜻한맛 만끽하고
성에안차 또껴안고

MB : President Lee, Myung-bak's initials(이명박 대통령)

"President Abdication!!" "대통령 하야!!"

대다수 국민들이 사태를 지켜본다
통제된 언론들이 보도를 자제해도
령호남 구분없이 여론은 일치되고
하야를 외치면서 거리를 누비는데
야속한 청와대는 오늘도 말이없다

Bad luck to hear Grand Canal
대운하 구설수

대운하

코리아 넘버원 이명박 원더풀
미국도 독일도 겁내는 운하를
디립다 우기는 이유가 무얼까

구설수

대체로 말많고 버거운 사업은
운없다 여기고 피해야 하니라
하고도 욕보고 구설수 따라요

Behind of Candlelight protest
촛불 시위 배후

촛불값을 누가냈나
확인해서 보고하라

불호령을 내렸다고
청와대서 말을하네

시위군중 배후있다
불순하게 보는정부

위로부터 아래까지
땅부자만 모인정부

배후세력 캐기전에
그들자금 출처캐서

후안무치 장관들과
비서관들 바꿔볼까

I was fooled, The people fooled
"저도 속고 국민도 속고"

저도 속고 국민도 속고
도둑 맞고 때늦은 후회
속은 내가 멍청한 바보
고생 끝에 뒷통수 맞네

국민 정서 모르는 무리
민의 수렴 안하는 집단
도로 빠꾸 차떼기 될라
속이 훤히 보인다 보여
고삐 풀린 망아지 놀음

Powerable person 강부자 고소영

나도 강부자?

강남으로 출퇴근 하고 있고
부동산도 부인 앞으로 좀 있고
자동차도 자녀 명의로 두 대나 있는데 나도 강부자?

나도 고소영?

고대 출신 친구도 몇 있고
소망교회 몇 번 가 봤고
영남 출신인데 나도 고소영 라인에 들까?

BBK special prosecutor BBK 특검

무식하면 용감하고 유식하면 뻔뻔한가
혐의많아 특검해도 아니함만 못한세상
의심으로 뭉친오년 국민화합 될까말까

Just after winning 당선 되자마자

국가적 손실이요 정신적 피해로다
보존할 가치로도 엄청난 재산이며
일일이 돈으로는 셈할수 없으리라
호란도 이겨냈고 왜란도 버텼건만
전쟁도 아닌통에 전소가 웬말인가
소가지 부려봐도 억장만 무너지네

4 letters idiom for winner Presidential election

<u>이러면 어떨까요?</u>

시작부터 다잡아서 서민물가 팍팍깎고
화합하는 차원에서 강남강북 되바꾸고
연대고대 서울대를 지방으로 이전하고
풍비박산 겁을줘서 재벌재산 갈라주소

이 당선자 새해 사자성어 : 시화연풍(時和年豊)
* 나라가 태평하고 해마다 풍요롭다는 의미

Lee Myung-bak Administration
경제만 살면 그만이다

이제부터 용서한다 위장전입 위장취업
명백하게 밝혀져도 증거없다 무시하고
박력있게 대답하라 한점의혹 없노라고
정직하면 쪽박찬다 감춘땅도 다시보자
부정부패 없는곳에 경제발전 절대없다

4 letters idiom for 2007 자기기인(自欺欺人)

2007년 사자성어

자승자박 안될런지
자나깨나 조마조마

기록적인 지지율과
전국득표 고맙지만

기왕지사 벌어진일
특검까지 풀어야지

인심잃고 표밭잃어
총선지고 탄핵될라

자기기인(自欺欺人)

거짓으로 가득 찬 세태를 풍자하는 의미

Strange election 희한한 선거

땅투기로 떼돈벌고 위장취업 푼돈보태
바글바글 대선판에 돈뿌려서 표심잡고
기득권층 눈먼표로 한건하는 어떤선수
가만보면 보나마나 불보듯이 뻔할뻔자

어중이판 떠중이들 버벅대는 이번선거
쩌렁쩌렁 호령하는 영웅호걸 안보이니
다가오는 오년세월 먹구름이 걷혀질까
가는해도 오는해도 그나물에 그밥일까

Politics these days 요즘 정치

소인배들 여럿나와 날뽑아라 날찍어라
라팔불고 떠들어도 귓등으로 흘려듣네
조삼모사 말만앞선 무능정부 오년이라
가든말든 상관않고 눈도하나 꿈쩍않네
비극이면 빨리가고 희망이면 어서오라

Want to know 궁금

BBK 특검

성의를 봐서라도 약간은 봐주련만~
탄탄한 대통령길 스스로 막을란가?
절싫어 중떠나는 그런일 생길란가?

Hot potato   뜨거운 감자

그네

뜨뜨미지근 했다고나 할까
거시기 하긴 하네요
운전대를 직접 잡은 것도 아니고
감질나게 마지못해 지원한 것 같지만
자신 있게 밀어낼 수도 없네요...

* 그네 없는 총선을 생각 할 수 있을까?
* 지금쯤 주판알 튕기느라고 정신들 없겠구만...

Do something nice please 잘 좀 해보소

실수까지
용서하니
정쟁말고
부탁컨대
에이스로
기똥차게
대통령질
함해보소

Congratulations 축하 드립니다

생일날 당선되신 이명박 후보님께
일단은 진심으로 축하를 드립니다
축축한 서민경제 확실히 회복하고
하루가 멀다하고 웃음을 주옵소서

Looking forward like this news
이런 뉴스가 그립다

명바기 구속 수감

창그랑 소리에
간수도 놀란척
호사에 다마라
행여나 쫄이던
시위대 환호성
출소일 멀다니
판윤님 안됐네

DNA 성탄절

Do not angry
Never doing sigh
Absolutely not good

성 내지 마라
탄식 하지도 마라
절대 안 좋다

Dokdo belongs to Korea*!!* 독도는 한국 땅*!!*

We don't care if the nasty guys are fucking talking
The Korean peninsula is marked for theft

독한놈들 지랄하고 떠들어도 끄떡없고
도둑질도 못해가게 한반도가 찍혀있네

* **WT** : **W**orldwide **T**hief
(세계적인 도둑놈)

독도의 오른쪽 섬에
한반도를 쏙 빼닮은
지형이 보입니다
씨도둑은 못하는 법

Dokdo is beautiful Korean island consist of east-west
독도는 동도와 서도로 이루어진 한국의 아름다운 섬입니다

Dokdo located at the easternmost tip of the Korean peninsula
독도는 한반도의 가장 동쪽 끝에 위치하고 있습니다

Dokdo is clearly Korean territory for historic, geographic,
international reasons from the beginning
독도는 처음부터 역사적, 지리적, 국제법적으로 명백하게
한국의 영토입니다

Pleasant night 즐거운 밤

즐거운 월드컵 눈떼기 힘드네
거듭난 안정환 결승골 멋있고
운재도 천수도 너무나 잘하니
밤새는 내습관 맘대로 안되네

Park, Ji-sung 2006 World Cup
월드컵 프랑스전 박지성

박지성이 해냈구나 동점골로 비겼구나
지단앙리 열심히뛴 프랑스를 혼냈으니
성공적인 본선위해 스위스는 꼭잡는다

Lee, Cheon-soo 2006 World Cup
2006 월드컵 토고전 이천수

이쁜천수 다짐했던 첫골약속 실천하니
천금같은 프리킥은 동점따서 새힘받고
수훈갑인 안정환이 결승골을 터뜨렸네

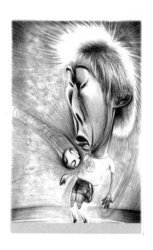

JPN vs AUS 2006 World Cup
일본 1 : 3 호주

온동네가 들썩들썩 함성으로 넘쳐나네
동아시아 일본팀이 지는순간 터진박수
네들잘못 못느끼면 지구상에 일본없다

일본이 한 골씩 먹을 때마다 온 동네가
함성과 박수로 떠나갈 듯 들썩들썩...

설마 우리 동네만 그랬을 리는 없겠지요...
나도 손바닥이 아플 정도로 쳤...하하하

Silver manpower waste 실버 인력 낭비

국군은 죽어서 말한다 했던가
군생활 삼십년 마친지 사오년
은발이 조금씩 비치는 요즈음
살동안 무언가 일하고 싶어서
아직도 이력서 넣고는 있지만
서둘러 오라고 하는곳 없으니
말년에 이렇게 허송만 하면서
한평생 배운것 써먹도 못하고
다가올 세월만 퍼먹고 사는가

Hang in there 조금만 참아

So if you hold back a little 조금 참으면

That'll be resolved soon 금방 해결될 거야

Anyway if it's not 만약 아니면

Now you've don't need to endure 참을 필요도 없지

Doesn't it right? 아니 그런가?

Stop 멈추다, 중단하다

Strange speech and behavior	이상한 언행
Those abnormal things to do	해괴한 짓거리는
Of course they don't feel injustice	불의를 못 느끼는
Perhaps it because of values	가치관 때문

President Roh, Moo-hyun 노무현 대통령

노력하면 잘산다는 희망조차 사라지고
무감각이 극치인지 국민여론 외면하니
현명한놈 하나없고 똑바른놈 하나없네

60th Anniversary of Liberation 광복 60주년

광복된지 육십주년
복된나라 힘찬국민
절치부심 타도일본

We go to Germany 우리는 독일로 간다

우려했었던 골결정력도 불안했었던 수비불안도
리바이블은 결코없었네 실망할일도 이젠더없네
는적댈수도 양보할수도 전혀없었던 마지막한판

독일월드컵 최종예선전 한국선수들 승리따내고
일본과이란 사우디달고 아시아지역 대표가됐네
로켓포네방 쿠웨이트에 시원스럽게 꽂아넣고서

간큰행보로 세계가놀랄 새로운신화 만들기위해
다시한번더 마음다잡고 환한얼굴로 만세부르네

Park, Ju-young's first goal for A match
박주영 A매치 데뷔골 우즈베키스탄전

박수치고 고함치며 구십분을 응원해도
주력달려 힘못쓰던 한국축구 아쉽지만
영대일로 패배직전 비겼으니 천만다행

화끈하게 이길거란 생각이야 안했지만
이정도로 마친것에 밤중응원 본전뽑고
팅겨봐도 오름직한 박주영은 기대만땅

Park, Young-seok Under challenge Mt. grand slam
박영석 씨 산악그랜드슬램 도전중

박영석님 이름석자 전세계에 드날리니
영롱하게 빛난깃발 태극기도 선명하고
석양노을 배경으로 대한기개 살아나네

Dokdo's absurd remarks 독도 망언

독도망언 나온지가 한두해가 아니거늘
한국땅이 분명한데 우리정부 어물어물
놈들혼자 지맘대로 떠벌리고 집적대니
들쭉날쭉 대응말고 화끈하게 한판붙지

Win-win politics pattern only 무늬만 상생정치

상생정치 하자면서 싸움질만 계속하고
생산현장 삼디업종 일자리는 남아나고
정년안된 노동인력 노숙자도 늘어나고
치맛바람 줄어드니 해외여행 넘쳐나네

Why does a civil servant strike 공무원이 웬 파업

공무원은 국민들의 손발이요 일꾼이니
무슨일이 있더라도 국민편에 서야지요
원든않든 국민세금 걷어갖고 봉급주니
파업같은 극단행동 웬만하면 자제하고
업무자세 가다듬고 제자리로 돌아오소

공무원이 작당해서 불법으로 파업하면
무슨수를 써서라도 몽땅파면 시켜야돼
원성높은 국민들의 목소리가 살아있고
파행국회 쳐다보며 가슴앓이 심각한데
업무놓고 파업하면 착각중의 착각이지

Let's keep Korean history 지키자 고구려

지키는게 어려운건 삼척동자 다아는일
키워놓고 못챙겨서 조상님께 미안한데
자그마한 불씨키워 나중감당 어찌할꼬

고구려의 빛난역사 지들꺼라 우기는데
구경하고 팔짱끼고 얌전빼고 앉았다간
려말역사 도둑맞고 대한민국 흔들리네

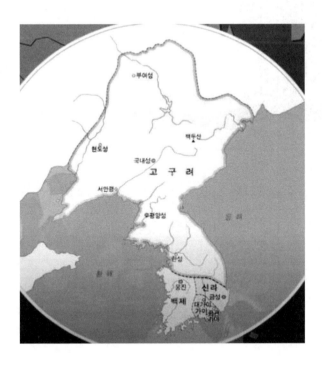

Tower Palace 타워 팰리스

타락한건 절대아냐 돈이너무 많은거야
워낙높은 신분이라 높은데서 사는거야
팰리스는 궁전이라 왕족처럼 살고있지
리치한게 죄는아냐 티꺼우면 돈벌면돼
스스로는 힘들거야 로또복권 사보든지

Non-ownership with Great monk 'Bub-jung'
법정스님의 무소유

무욕이면 빈집에도 오는손님 가득차고
소유욕이 지나치면 큰집조차 텅텅비니
유한하고 짧은인생 내어주고 살잔얘기

2004년 사자성어

黨 : **당**당하게 행동하고 소신있게 사는사람

同 : **동**조자가 있건없건 본인뜻을 꺾지않고

伐 : **벌**기위한 일보다도 일이좋아 버는사람

異 : **이**세상이 다하는날 후회없이 가는사람

교수신문이 162명의 교수에게 물어서 선정한
올해의 사자성어 (四字成語) '당동벌이'...

같은 사람끼리 패거리 지어
다른 사람을 공격한다는 뜻을 지닌 말로서...

2004년 한국의 정치 경제 사회를 정리할 수 있는
사자성어랍니다

Passage bill related with non-regular workers
비정규직 관련법안 통과

날치기야 예전부터 힘센여당 몫이지요
치고박고 안한것을 다행으로 여깁니다
기를쓰고 저지하면 다른일로 불똥튀니
통할만한 조건걸고 협상하면 될텐데도
과반수만 생각하고 무리수를 두고있네

Viable Year-end party 실속 있는 망년회

만원짜리 하나들고 망년회들 모인다네
원체힘든 경제사정 누구라서 모르랴만
망둥이도 꼴뚜기도 너도나도 망년회니
년말한번 보내자면 기둥뿌리 휘청하고
회식한번 잘못하면 한달살림 거덜나네

Toaster in the current fashion
요즘 잘 나가는 건배사 – 노무현 유시민 명계남

노무현의 노짜넣어 안주대신 씹어먹고
시짜넣어 류시민도 한꺼번에 씹어먹고
계짜넣어 명계남도 씹어먹는 안티건배

George Bush re-election success in the president
조지 부시 미국 대선에서 재선 성공

조지부시 대통령이 케리하고 붙은한판
지구촌이 들썩들썩 수십억이 초미관심
부시표가 조금많아 근소한차 승리하니
시장구조 회복되고 민생경제 좋아질까

John Kerry accept a defeat in the president
존 케리 상원의원 대선 패배 승복

존케리가 신사답게 패배인정 발표했네
케리보다 나은정치 펼치라고 주문하고
리버럴한 국민답게 활짝웃고 물러가네

Impeachment crisis 탄핵 위기

말이라면 구단쯤은 될것같은 노대통령
은근슬쩍 탄핵위기 비켜가길 바라는군
잘잘못은 덮어두고 먼길어찌 가려는지
하자있는 주변비리 꽁꽁묶인 대치정국
네탓내탓 모두겹쳐 시끄럽고 창피하네

Impeachment prosecution 탄핵 소추

탄탄대로 잘나가는 대통령은 아니라서
핵심측근 구속되고 일가친척 시끄럽고
소탐대실 비리연루 흔들리는 입장이라
추가결심 않는다면 한참동안 어렵겠네

Zytun Division 자이툰부대

자랑스런 대한건아 장한모습 늠름하게
이라크땅 재건돕고 세계평화 앞장서네
툰드라에 갈지라도 더운사막 갈지라도
부디건강 잘지키고 무사귀환 바랍니다
대한국군 젊은이여 당신들을 믿습니다

Roh, Moo-hyun's 'Jang-su stream'
노무현의 장수천(長壽泉)

장물애비 잡혀가면 물건판놈 수배하고
수상한놈 걸려들면 잡아놓고 족치는데
천상천하 유아독존 특검조차 손못대네

노무현이 한때 실질적 소유주였던
먹는 샘물 장수천의 빚 변제에
대선 잔금을 사용한 사건

4 letters idiom 2003 year 2003년 사자성어

호사다마 옛날말씀 구구절절 다맞지요
사람들만 늘어났지 얼굴조차 안내미니
다음세대 맘안편해 연일계속 소리치고
마음대로 안될때면 짜른다고 겁주지요

호사다마(好事多魔) :

좋은 일에는 탈이 많다
어떤 일을 실현하기 위해서는
많은 풍파를 겪어야 한다는 것을 비유한 말

Dae Jang Geum 대장금(大長今)

대장금의 시청율이 하늘높이 올라가고
장금이역 이영애의 무르익은 연기력과
금영이역 홍리나의 경쟁또한 볼만해요

Dae Jang Geum 대장금(大長今)
Famous Korean historical drama in 2003 MBC

Iraq deployment 이라크 파병

이라크에 결국은 파병하게
될 거라고 짐작 했었죠

라면도 못 먹을 정도로
가난한 후진국이 되기보단

크게 맘먹고 희생과 양보의
미덕을 보여줘야 해요

파병을 하기는 하되
나중에라도 목에 힘주겠다면

병든 이라크 재건에
적극적으로 앞장서야 하지요

George Bush 조지 부시 대통령

조만간 이라크에
파병하는 쪽으로 결정되겠지만

지금 국제적인 분위기론
파병이 이로운 것 같고

부지런히 전투 경험을 쌓는 건
우리에게 좋지만

시끄럽고 힘든 걸
남에게 떠맡기는 미국이 밉다

                    조그만 눈으로도
                    볼 건 정확히 보는 사람이지요

                    지지 않을 전쟁이니까
                    수백억 불을 쏟아 붓더니

                    부질없는 짓이라 판단되는
                    뒷 정리는 쏙 빠지니

                    시간도 돈도 정의도 모두
                    힘 있는 자들의 것인가

The departed Shin, Hyo-soon Shim, Mi-sun
신효순 심미선

촛불을 밝히고자 함에는
다 그럴만한 이유가 있습니다

불장난 한번 해보겠다고
수 많은 사람들이 모였을까요

시민들에게 불편을 주거나
질서를 깨자는 것이 아니라

위로의 뜻과 함께
우리의 마음을 표현하는 행동이지요

100 days of the this government
참여정부 100일

참는데도 한계가 있지
서민경제는 언제나 형편이 피려나

여당은 여당 대로 야당은 야당 대로
제 밥그릇 챙기느라고

정쟁만 일삼으니 국민들 눈엔
뭐 묻은 개로 밖에 안 뵈고

부정부패 1등 국가의 오명 벗을 희망은
통 보이지도 않네

백 명이 모여 백 개의 목소리를 내는 게
민주주의라 하지만

일부 단체들의 힘을 앞세운
이기주의 또한 못 봐주겠구먼...

World Cup 1st anniversary 월드컵 1주년

월드컵 4강을 일군 대한민국의 저력
드높은 함성이 길거리를 가득 메우고
컵의 향방과 상관 없는 뜨거운 응원
은근과 끈기로 참고 버틴 첫 승 16강

살아 하나로 뭉친 전국의 붉은 물결
아직도 귓가에 쟁쟁한 대~~한~민~국
있음직한 시기나 빈정거림도 없었고
다 함께 축하하며 놀라워했던 월드컵

1st anniversary of Daegu subway disaster
대구 지하철 참사 100일

대구는 오늘 아침에도
밝은 모습으로 숨 쉬고 있더라

구천을 떠도는 수 많은 혼백들을
벌써 잊기라도 했나

참사의 아픈 기억은
두 번 다시 떠올리고 싶지 않지만

사고수습이 원만하고 적절하게
진행되고 있는 것인지

백일이 지났건만 아직도 남은 건
원망과 악다구니 뿐

일순간에 피붙이를 잃은
유족들의 마음을 위로합시다

2003. 2. 18
대구 중앙로역
사망 192
부상 147

Japanese spring strikes disappears
일본 춘투(春鬪)가 사라진다

일(日)본에서 수십 년 전부터
골머리를 썩혀오던 춘투를 아세요

본(本)래는 유럽에서 건너온 파업이
일본서 독종으로 변했지만

춘(春)투가 사라진다고 하니
우리나라 사람들 좀 배워야겠어요

투(鬪)쟁이 경기 침체를 불러오고
결국 임금 인상도 성공 못하고

가도 가도 평행선만 긋고
고용 안정이란 심각한 문제까지 생기고

사람이 일을 안 하면 기계도 쉬니
바이어로부터 자금 줄 끊기지

라면만 먹고 살수야 있나
가계 지출은 자꾸만 커져가는 입장에

진정한 산업역군이라면 나의 가정과
회사와 국가의 운명까지도

다 함께 생각할 줄 알아야
떳떳하고 성숙한 시민이 될 수 있겠죠

Adultery 간통제

간을 빼주든 눈을 빼주든
내 몸에 붙은거 주고 싶어서 주고

통 사정을 한다고 해도
내가 안 주고 싶으면 안 주면 되는데

죄인으로 몰고 나라에서 간섭한다고
불평하는 사람들 많대요

Presidential Candidate Group-A
대선후보 A그룹

(2002.12.19.22:45)

기호 1

이런 생각 저런 후회에 오늘밤 잠이 안 옵니다

회한의 5년 세월을 또 어찌 보낼 것인가

창살 없는 감옥 될까 봐 걱정되네요

기호 2

노풍이 거품은 아니었습니다

무슨 말이 더 필요하겠습니까

현명하신 국민 여러분의 선택에 감사 드립니다

기호 3

이한 몸 바쳐서 큰 정치를 하고 싶었는데

한 길로만 가도록 가만 놔 두질 않네요

동가식 서가숙은 언제나 끝 나려나

기호 4

권영길이를 3위로 뽑아주셔서 정말 감사합니다

영원한 국민 여러분의 입이 되고 귀가 되는

길잡이의 역할을 충실히 하겠습니다

Presidential Candidate Group-B
대선후보 B그룹 (2002.12.19.22:45)

<u>기호 5</u>

김정일 공산당과 저의 사회당은 엄연히 다릅니다
영원한 자유를 여러분께 드리고자 나왔습니다만
규명해 보지도 않고 왕따 시키다니 섭섭합니다

<u>기호 6</u>

김 빠지는 소리가 대웅전까지 들리는군요
길고 짧은 거야 미리 알았지만 역시 역부족입니다
수도나 더 하겠습니다...나무아미타불 관세음보살

<u>기호 7</u>

장세동이가 밝은 세상 만들려고 출마 했지만
세상 인심을 충분히 읽고 도중 하차했습니다
동정표를 주신 국민 여러분께 감사 드립니다

<u>사퇴</u>

정몽준이는 깨끗하게 두 손 들었습니다
몽땅 밀기로 지지 선언했지만 공조도 잘 안 되고
준 것도 없다 소리 할 것 같아 미리 발 **뺐**습니다

Intermediate check for 2 lead Candidate
앞선 두 후보 중간발표   (2002.12.19.21:30)

기호 1

이 순간에도 엎치락 뒤치락 하다보니 착잡합니다
회의적인 생각이 자꾸만 들어 정말 답답하네요
창졸간에 5년전 신세 될까 봐 조바심이 앞섭니다

기호 2

노풍을 기억하고 여론조사 결과를 기억하시죠
무척 근소한 숫자였지만 출구조사 결과도 보셨죠
현명하신 선택의 결과가 조금 있으면 나타납니다

Short track player An, Hyun-soo 안현수 선수

안톤 오노를
통쾌하게 꺾었습니다

현수가 동성이 형이 억울하게 **빼**앗긴
금메달의 한을 풀었어요

수고했다 안현수
장하다 안현수

Anti-American Candlelight rally 반미 촛불 집회

광화문의 수 많은 촛불들이 매주 토요일 밤
대한민국을 밝히고 있습니다

화난 군중들이 모였으나
질서정연하게 하나로 뭉친 감성적인 집회요

문제를 일으키는 반미집회가 아니라
구겨진 자존심을 지키는 집회입니다

Go out U.S. APC   미군 장갑차 나가주오

미국 대통령의 간접 사과로
이 문제가 수그러질 것 같은가

군 지휘관을 징계하는 정도의 쇼로는
절대 넘어갈 수 없다

장차 한미간의 갈등의 폭이 더 커질 텐데
그래도 괜찮은가

갑자기 생긴 일도 아니고
한 두 해 겪은 일도 아니지 않은가

차라리 이번 기회에 마음을 터놓고
묵은 문제들을 해결하자

나라가 풍전등화처럼 위태로울 때
도와준 건 물론 고맙지만

가난하고 힘 없을 때의 대한민국으로
생각한다면 우리가 못 참지

주변국가들과의 협력이
어느 때보다 요구되는 글로벌 시대인데

오만하기 그지없는 태도를 계속하면
더는 봐 줄 수가 없지 않은가

Complain in a New country
새 국가 불평 나돈다

새로운 대한민국!!...민주 X

국민을 편안하게!!...하나 X

가자 으뜸의 나라로!!...무소 X

불심으로 대동단결!!...호국 X

평등한 세상 줏대 있는 나라!!...민노 X

나라다운 나라!!...X 나라

돈 세상을 뒤엎어라!!...사회 X

다 찍을 수는 없으니 딱 한 명만 찍으소!!

꼭 제 예상이라기 보다는..

대선후보 7명의 포스터를 보니 그렇게 적혀 있네요

이리 저리 순서만 바꿔봤는데..포스터 글자는..

한 글자도 안 바꾸고 그대로 옮겨 봤습니다..

Conscientious Military service refusal
양심적 병역 거부

양지 바른 곳에서 보호 받고
곱게만 자란 사내 아이들은

심약해서 사회생활의 험한 세파를 만나
휘둘리게 되면

적잖게 고생하고
사람 구실하기가 쉽지 않다고 보지만

병역 의무를 당당하게
마치고 나온 사람들을 지켜보면

역시 남자답고 고생을 이겨나가는
지혜를 알기 때문에

거의 모든 사람들이 남자는
군에 갔다 와야 된다잖아요

부정적인 생각일랑 접어두고
한번 아들을 믿어 보세요

Well-wishing remarks for year-end new year
연말연시 덕담

꿈 다 펼치는
크리스마스 시즌
되시옵시고

알게 모르게
찬 손 어루만지며
날마다 웃고

되도록 많이
소원 빌고 이루는
서막 여소서

I believe 믿습니다

Just bright my homeland
Every time to righteously in peace
So that in harmony into one
Under the God we can move on
Surely I wish you lead us

> 나의 소중한 조국
> 의롭고 화평하게
> 하나로 화합하고
> 나아갈 수 있도록
> 님께서 이끄소서

한국행시문학회
한국행시문학
2002 - 2021   "고맙습니다"

The Man 그 남자

- Jung, Dong-Hee

Meaningful fruits smile in the woods
Are you ever tasted sadness at least once
Now don't blame the wind so flowers blossom

뜻 있어 열린 열매 이 숲 저 숲 웃지만
한번쯤 맺힌 슬픔 맛 본 적 있었더냐
바람을 탓하지 마라 그가 있어 꽃 핀다

Self-portrait 자화상(自畫像)

- Jung, Dong-Hee

정직과 성실함과 건강이 나의 전부
동녘이 밝아오면 먼 길 갈 채비하고
희망의 다음 세대로 힘껏 날아 오른다

Honesty and healthy being is my everything
Equipment for long way when morning dawns
Energetic flying to hopeful next generation

2021 신간 소개

4*6판(13x19cm) 128쪽, 보급특가 6,000원/살아있는 영어체험
대입 논술 준비 및 취준생의 학습 동기 유발, 회화능력 향상 효과

처음이야
이런!!
책

☑ 지혜로운 여러분의 도전을 기다리는 行詩
☑ 아직까지 경쟁자가 없었던 독보적인 作品

쉬운영어행시
EASY ENGLISH

정 동 희 저

2021 한국행시문학회
도서출판 한행문학

128p
6,000원
특별가

미친 저자-영어 전공자 아님 / 미국 유학파 아님 / 올해 나이 70세

20년 동안 쓴 책   Korean Public Mind
Leaders Must Read   within Acrostic
                                (bilingual)
文도 읽고 尹도 읽고 李도 읽어야 할 책

行詩 속의
行詩 행시 속의
정동희 저
Jung, Dong-Hee
民心
民 心 민심

한국행시문학회
도서출판 한행문학

文學에 社會와 政治를 담았다

<行詩 속의 民心>과 함께 세트 구매시 할인가 적용
12,000 + 6,000 = 18,000원 ➔ 16,000(택배비 무료)
상담/010-6309-2050 도서출판 한행문학

행시야 놀자 ^{시리즈} **12**

行詩 속의 民心

초판 1쇄 / 2021년 7월 26일

저　　자　정 동 희
이 메 일　daumsaedai@hanmail.net

편　　집　정 동 희
발　　행　도서출판 한행문학
등　　록　관악바 00017 (2010.5.25)
주　　소　서울시 중구 을지로 18길 12
전　　화　02-730-7673 / **010-6309-2050**
팩　　스　02-730-7675
카　　페　http://cafe.daum.net/3LinePoem
홈페이지　www.hangsee.com

정　　가　**12,000원**
I S B N　978-89-97952-43-4-04810
　　　　　978-89-97952-40-7-04810(세트번호)

공급처 / 도서출판 한행문학
전　화 / 010-6309-2050